TABLEAU DE L'HUMANITÉ

ET DE LA BIENFAISANCE,

OU

PRÉCIS HISTORIQUE

DES CHARITÉS

QUI SE FONT DANS PARIS.

CONTENANT les divers Etablissemens en faveur des Pauvres , & de toutes les personnes qui ont besoin de secours.

CONNOISSANCE utile à tous ceux qui sont dans l'intention de faire quelque fondation , ou autres œuvres pies; afin que, vû l'objet de chaque Etablissement , & ses besoins, ils se déterminent plus facilement pour l'œuvre de charité qu'ils se proposent.

A PARIS,

Chez MUSIER fils, Libraire, quai des Augustins, au coin de la rue Pavée, à S. Etienne.

M. DCC. LXIX.

Avec Approbation , & Permission.

PREFACE.

La Charité envers les pauvres étant un des plus grands moyens que Dieu ait donné aux hommes pour racheter leurs péchés & s'ouvrir l'entrée au Royaume du Ciel, on peut dire, que quoiqu'elle soit de nos jours extrêmement réfroidie, il y a toujours un assez grand nombre de personnes chrétiennes, qui touchées du désir de leur salut, s'occupent des moyens de soulager les membres de Jesus-Christ, selon l'étendue de leurs facultés.

Mais comme cette vertu, quelque compatissante qu'elle soit, doit être discrete, & user de prudence dans la distribution des secours qu'elle voudroit procurer,

a ij

il arrive fouvent que ces mêmes
perfonnes fe trouvent embarraf-
fées pour favoir à quelle forte de
bonne œuvre elles appliqueront
leurs charités. C'eft d'après ces con-
fidérations qu'on a imaginé ce petit Ouvrage, pour leur faciliter les
moyens de faire le bien utilement,
en mettant fous leurs yeux un efpece de tableau, non feulement
de tous les lieux deftinés à fecourir les pauvres, mais encore de
tous ceux en faveur defquels on
peut faire de bonnes œuvres. Il eft
aifé de fentir qu'en leur donnant
cette indication bien détaillée,
chaque perfonne charitable pourra fatisfaire fes intentions, felon
fon goût, & appliquer fa bonne
œuvre à telle ou telle Maifon, à
proportion des befoins où elle fe

trouve , où de l'utilité de son établissement.

Pour réussir dans notre dessein ,
nous nous sommes proposés de
donner au public une indication
détaillée de tous les lieux envers
lesquels on peut exercer la charité , c'est-à-dire , non seulement
des Hôpitaux , mais encore de
toutes les Maisons & Communautés où l'on reçoit les sujets moyennant une modique pension ; ou
bien pour une petite somme une
fois payée , d'autres enfin dont les
secours ne sont que pour un tems.

Cela posé , nous avons cru qu'il
seroit à propos de faire connoître
l'objet de l'établissement de chacune de ces Maisons , les avantages qui en résultent pour les sujets qui y sont entretenus , la ma-

niere dont ils font gouvernés, à
quelle forte de travail on les ap-
plique, quelles font les conditions
néceffaires pour avoir droit d'y
être reçu, quel eft leur fort après
un certain tems, & quel eft le bien
qu'on pourroit leur faire.

Il eft fenfible qu'en donnant une
telle indication, chaque perfonne
charitable fe déterminera plus facilement fur la qualité de la bonne
œuvre qu'elle aura envie de faire:
cette feule connoiffance pourra
même être un attrait à faire tel ou
tel bien.

Mais comme il falloit être inf-
truit de beaucoup de particulari-
tés touchant ces divers établiffemens pour en parler avec certitude, on a cru qu'il étoit à propos de faire part de ce deffein

aux perfonnes refpectables , qui
par leur place & leur dignité
font les premiers Supérieurs des
Maifons de charité. C'eft une mar-
que de déférence qui leur étoit dûe,
elle tendoit à nous procurer leur
approbation. En conféquence on
leur a préfenté un Mémoire qui
expofoit notre deffein : il a été
examiné en comité dans une affemblée de plufieurs Adminiftrateurs de différentes Maifons de
charité ; & la matiere mife en délibération , les voix fe font toutes
réunies pour applaudir à ce projet. Non feulement on a trouvé
bon que l'Auteur de l'ouvrage de-
mandât tous les éclairciffemens
dont il avoit befoin , mais on l'a
encouragé à exécuter fon deffein ,
& on lui a offert de l'appuyer & de

le feconder, fi la chofe étoit néceffaire : ce font les propres termes
de la réponfe qui a été faite par
écrit à notre Mémoire, & dont
nous avons la preuve en main.

Etant autorifés par un tel fuf-
frage, nous avons demandé par
des billets circulaires envoyés à
toutes ces Maifons, les éclairciffemens qui nous étoient néceffaires. Une bonne partie de celles qui
nous les avoient adreffés, ont eu
la bonté de répondre à toutes nos
queftions. A l'égard de celles qui
n'ont point répondu, nous avons
travaillé à vaincre cette difficulté,
& nous n'avons pas cru devoir
épargner nos pas & nos peines.
Nous nous fommes procurés des
connoiffances dans chacune de ces
Maifons, & par le moyen des per-

fonnes qui y font employées dans quelque forte de miniftere, nous avons tiré d'elles tous les éclair-ciffemens que nous pouvions dé-firer, & nous fommes venus à bout de remplir notre deffein.

Il eft conftant que tous ces di-vers objets de charité expofés en détail, & réunis fous un même point de vue, forment un tableau frappant de bienfaifance & d'hu-manité: car il préfente tout ce que la charité de nos peres a imaginé pour le foulagement des pauvres. Peut-être pourra t-il donner à leurs defcendans une forte d'émulation pour imiter les bonnes œuvres de leurs prédéceffeurs, ou du moins les porter à foutenir leurs pieux établiffemens.

Nous terminerons l'expofé de

cet Ouvrage par la réflexion fui-
vante, qui doit faire quelque im-
preffion fur les perfonnes convain-
cues de la Religion Chrétienne ,
& de la certitude d'un avenir.
C'eft une vérité qui nous eft fouvent enfeignée , que les pécheurs
n'ont point de plus court moyen
pour obtenir miféricorde de Dieu,
que d'exercer la miféricorde envers Dieu même, dans la perfonne
des pauvres. Rachetez vos péchés
par l'aumône , difoit le Prophete
Daniel (1) : l'aumône eft donc un
achat. Ce que le pécheur donne
doit avoir quelque proportion
avec ce qu'il veut acquérir, c'eft-
à-dire , qu'on lui faffe grace &
miféricorde ; la foi ne lui montre

_____

(1) Dan. 4. 14.

qu'une punition éternelle pour le prix de son péché , & elle lui montre la gloire pour le fruit de son aumône. Souvenons - nous que Jesus-Christ dit en termes exprès (1) , qu'autant de fois qu'on aura donné à manger à ceux qui avoient faim , à boire à ceux qui avoient soif , revêtu ceux qui étoient nuds , visité ceux qui étoient malades , autant de fois c'est à lui même qu'on aura rendu ces devoirs de charité ; & qu'en considération de ses membres , ainsi assistés , il rangera les miséricordieux au nombre des bénits de son Pere. Et ce qui doit frapper d'étonnement, c'est qu'en racontant la maniere dont il exercera le

(1) Math. 25. 40.

TABLE

jugement dernier , & quoiqu'il y
ait diverfes caufes qui attireront
la damnation , il a jugé à propos
de ne fpécifier que celle du défaut
de miféricorde envers les pauvres,
comme étant fans doute une des
graves.

TABLE

TABLE
DES ÉTABLISSEMENS
DE CHARITÉ, &c.

APPROBATION.

J'AI lû par ordre de Monſeigneur le Chance-lier, un Manuſcrit intitulé, *Tableau de l'Huma-nité & de la Bienfaiſance, ou Précis hiſtorique des charités qui ſe font dans Paris*; & j'ai cru que l'objet édifiant de ce petit ouvrage ne pouvoit être qu'utile aux perſonnes qui s'intéreſſent aux œuvres de Religion & de bien public. Fait à Paris, ce 11 Janvier 1769.

ARNOULD.

PRIVILEGE DU ROI.

LOUIS, par la grace de Dieu, Roi de France & de Navarre: A nos amés & feaux Conſeillers les Gens tenans nos Cours de Parlement, Maîtres des Requêtes ordinaires de notre Hôtel, Grand Conſeil, Prevôt de Paris, Baillifs, Sénéchaux, leurs Lieutenans Civils, & autres nos Juſticiers qu'il appartiendra: SALUT, Notre amé MUSIER Fils, Libraire à Paris: Nous a fait expoſer qu'il deſireroit faire imprimer & donner au Public: *Le Guide des Ames charitables, ou Tableau de*

l'Humanité & de la Bienfaisance : s'il nous plai-
soit lui accorder nos Lettres de permission pour ce
nécessaires. A CES CAUSES, voulant favorable-
ment traiter l'Exposant ; Nous lui avons permis
& permettons par ces Présentes, de faire imprimer ledit ouvrage autant de fois que bon lui
semblera ; & de le vendre, faire vendre &
débiter par tout notre Royaume, pendant le
temps de trois années consécutives, à compter du jour de la datte des Présentes. Faisons dé-
fenses à tous Imprimeurs, Libraires & autres
personnes, de quelque qualité & condition qu'elles soient, d'en introduire d'impression étran-
gere dans aucun lieu de notre obéissance ; A la
charge que ces Présentes seront enregistrées tout
au long sur le Registre de la Communauté des
Imprimeurs & Libraires de Paris, dans trois mois
de la date d'icelles : Que l'impression dudit
Ouvrage sera fait dans notre Royaume, & non
ailleurs, en bon papier & beaux caracteres ; que
l'Impétrant se conformera en tout aux Réglemens de la Librairie, & notamment à celui
du 10 Avril 1725, à peine de déchéance de
la présente Permission. Qu'avant de l'exposer
en vente, le Manuscrit qui aura servi de Copie à l'impression dudit Ouvrage, sera remis
dans le même état où l'Approbation y aura été
donnée, ès mains de notre très cher & Féal Che-
valier, Chancelier, Garde des Sceaux de France,
le sieur de Maupou, qu'il en sera ensuite remis
deux Exemplaires dans notre Bibliotheque publique, un dans celle de notre Château du Louvre,
un dans celle dudit Sieur de Maupou, le tout
à peine de nullité des Présentes. Du contenu desquelles vous mandons & enjoignons de faire
jouir ledit Exposant & ses Ayants causes, pleine-
ment & paisiblement, sans souffrir qu'il leur soit
fait aucun trouble ou empêchement. Voulons
qu'à la copie des Présentes, qui sera imprimée
tout au long au commencement ou à la fin dudit
Ouvrage, foi soit ajoutée comme à l'Original.

Commandons au premier notre Huissier ou Sergent, sur ce requis de faire pour l'exécution d'icelles, tous Actes requis & nécessaires, sans demander autre permission, & nonobstant clameur de Haro, Charte Normande, & Lettres à ce contraires : Car tel est notre plaisir. Donné à Paris, le douzieme jour du mois d'Avril, l'an mil sept cent soixante-neuf, & de notre Regne le cinquante-quatrieme. Par le Roi en son Conseil.

LE BEGUE.

Registré sur le Registre XVII. de la Chambre Royale & Syndicale des Libraires & Imprimeurs de Paris, num. 426. fol. 625. Conformément au Réglement de 1723. A Paris ce 17 Avril 1769.

De LORMEL, Adjoint.

TABLEAU

DE L'HUMANITÉ

ET

DE LA BIENFAISANCE.

L'HOPITAL GÉNÉRAL.

CET Hôpital fût établi l'an
1656 : M. le Premier Préfident de
Bellievre fut le principal Promo-
teur de cette grande & admirable
entreprife. Le nombre des Pauvres ou Mendians qui étoient dans
Paris en 1649 , s'étant trouvé
monter à quarante mille perfonnes, le Roi Louis XIV donna
pour cet établiffement , le Châ-

A

teau de Bicêtre situé à une demi-
lieue de Paris , qui étoit alors
comme abandonné , & un grand
édifice , appellé la Salpétriere ,
parcequ'on y faisoit du Salpêtre.
Ce Prince s'en déclara le Fondateur & le Protecteur. Le Cardinal
Mazarin voulut aussi contribuer
à cet établissement : il donna d'a-
bord cent mille livres , puis il lui
en légua par son testament soixante mille. Monsieur de Bellievre donna un Contrat de vingt
mille écus sur la ville, & une somme encore plus considérable par
son testament.

A mesure que le nombre des
pauvres s'est accru , on a augmenté les bâtimens de cet Hôpital , & par la succession des tems ,
on y en a fait de si grands , que
c'est aujourd'hui la maison la plus
vaste de toutes celles qui sont com-
prises sous le nom d'Hôpitaux.
L'Eglise de l'Hôpital Général forme un édifice très remarquable :

c'eſt un dôme octogone fort élevé percé par huit arcades, qui
aboutiſſent à huit nefs de douze
toiſes de long chacune, & qui forment une croix, dont le dôme eſt
le centre. Trois de ces nefs ſont
imparfaites, & ſi elles étoient fi-
nies, l'Autel ſeroit vu de toutes ;
celle qui eſt en face du Sanc-
tuaire, eſt en partie pour les gens
de dehors. Ces nefs ſont deſtinées
pour ſéparer les pauvres en autant
de corps différens, ſelon l'âge, &
les diverſes ſortes de ſujets, que
leur totalité raſſemble. Dans deux
de ces nefs, il y a une chaire de
Prédicateur à chacune, afin que
ce grand nombre de pauvres ſoit
à portée d'entendre les inſtructions : elles ſont dans un aſſez
grand éloignement, pour que les
voix ne ſe nuiſent point l'une à
l'autre.

L'Hôpital Général a dans ſa
dépendance & ſous ſon adminiſ-

tration, plusieurs autres Maisons : savoir Bicêtre, la Pitié, Sainte Pélagie, les deux Maisons des Enfans Trouvés, la Maison dite de la Savonnerie, & celle de Scipion : cette derniere est destinée pour l'approvisionnement de l'Hôpital Général, c'est-à-dire, la fourniture de tout le pain & la viande qu'elle envoie journellement à l'Hôpital. C'est un immense corps de logis très solidement construit & situé dans la rue des Fossés S. Marcel, à côté de celle du Fer à moulin, vers l'extrémité du Fauxbourg S. Marceau.

Le nombre des pauvres que renferme l'Hôpital Général, roule ordinairement sur sept mille quatre à cinq cens, & va quelquefois jusqu'à huit mille. C'est un spectacle admirable de voir l'ordre & la police qui s'observe pour fournir tous les jours & aux mêmes heures, la nourriture à ce grand nombre de pauvres, & pour les contenir dans le devoir & les foumiffions néceffaires.

A proprement parler l'Hôpital Général n'eft deftiné que pour les pauvres femmes & filles ; & Bicêtre eft pour les hommes.

On y reçoit 1°. toutes les femmes & filles à quelque âge que ce foit, & de quelque infirmité qu'elles foient affligées ; les femmes ont la liberté d'en fortir, mais on y garde les filles.

2°. Tous les enfans au deffus de quatre ans, & généralement tous ceux qui y font préfentés, & même des deux fexes, avec cette différence, que quand les garçons ont cinq à fix ans, on les envoie à la Pitié.

3°. De pauvres gens qui ont atteint l'âge de 59 ans, & qui font mari & femme : c'eft ce qu'on appelle les ménages.

4°. Les femmes ou filles débauchées qui y font envoyées par

A iij

l'ordre de la Police ou du Mi-
niſtre.

Enfin, on y reçoit de pauvres
inſenſés ou imbecilles.

Pour être reçu à l'Hôpital, il
faut ſe préſenter au Bureau des
Adminiſtrateurs qui ſe tient tous
les Vendredis à la Pitié, avoir
en main ſon extrait baptiſtaire,
& un certificat de pauvreté donné
par le Curé de la Paroiſſe dont on
eſt. Avec ces pieces, tout pauvre
eſt reçu, excepté dans certains cas
où il n'y auroit pas abſolument de
place dans l'Hôpital, vû la quantité de pauvres.

Afin d'établir l'ordre néceſſaire
pour loger un ſi grand nombre de
ſujets ; l'Hôpital eſt diviſé en divers quartiers deſtinés pour les
différentes ſortes de pauvres. Voici ces quartiers :

1º. Le quartier de S. Joſeph,
autrement dit les Ménages ; ce
ſont trois grands dortoirs com-
poſés de deux cens petites cham-

bres , dans chacune defquelles
habite un ménage , c'eft-à-dire ,
un pauvre homme & une pauvre
femme, lefquels font mariés , &
doivent être au deffus de cinquan-
te-neuf ans , pour avoir droit d'ê-
tre reçus. On leur donne la même
nourriture qu'aux autres pauvres ,
& une certaine quantité de charbon par mois : car il n'y a point
de cheminées dans ces chambres.
Quand l'un des deux meurt , le
furvivant eft obligé de quitter la
chambre ; fi c'eft la femme , elle
paffe dans le quartier des autres
femmes ; fi c'eft l'homme , il doit
fe retirer à Bicêtre. Il eft libre à
ces divers ménages de faire quelque petit travail , ou ouvrages
pour leur propre compte.

2°. Le quartier de Sainte Clai-
re : c'eft celui où habitent les filles
déja grandes, & qui font en état
de travailler. Il y a pour cet effet
deux grandes falles , & cinq cens
filles environ dans chacune : on les

fait travailler à différens ouvrages
selon leur capacité. Ces ouvrages
font la broderie en soie, en or,
& en argent, & la couture en linge. Le travail que ces filles font,
est pour le profit de la Maison;
une grande partie d'entr'elles font
affligées de la galle, & dans un
état de souffrance continuelle. Une
bonne œuvre à faire, seroit de
donner un fonds pour la construc-
tion d'une espece d'infirmerie où
l'on leur feroit les remedes convenables pour les guérir, & par
là, le mal ne feroit pas de si grands
progrès, & ne feroit pas si con-
tagieux.

3°. Le quartier de Sainte Marthe. Il est destiné pour la filerie &
pour la toile. On y fait travailler
des filles formées & robustes que
la Maison paie pour cela, elles
font au nombre de 3 à 400.

4°. L'Ange Gardien : c'est un
petit quartier composé de quarante cellules, occupées chacune par

une pauvre femme ; la concef-
fion de ces fortes de logemens eft
regardée comme une faveur que
la Maifon fait à certaines femmes,
qui font plus protégées que d'autres.

5°. Le quartier de la Providence : c'eft un bâtiment neuf deftiné pour les femmes paralitiques,
au nombre de cent cinquante.

On peut encore réunir fous le
titre de quartier, plufieurs dortoirs, où habitent de vieilles femmes, foit malades ou en fanté.

6°. Le quartier de la Crêche :
c'eft celui où font les petits enfans. Il y a deux crêches ou falles pour les filles, & une pour les
garçons : le nombre de ces enfans
eft d'environ 200, depuis l'âge de
deux ans jufqu'à fix.

7°. Le quartier de la Force, ou
la Maifon de Force : c'eft un bâtiment ifolé, où il y a une Chapelle,
& où l'on fait le Service Divin. Il
eft deftiné à renfermer les femmes

& filles débauchées qui y font mifes par l'ordre de la Police , ou
par lettre de cachet : leur nombre
va depuis huit ou neuf cens jufqu'à mille. Elles font retenues dans
ce lieu plus ou moins de tems,
felon la décifion de M. le Lieutenant de Police , comme deux,
trois ou quatre ans , quelquefois
pour toute la vie , ou felon la volonté du Miniftre , ou même de
leur famille , quelquefois même
d'un mari ou autres qui ont obtenu un ordre pour les y enfermer.
Dans ce nombre , il y en a qu'on
admet à payer une penfion , &
alors elles font traitées relative-
ment à la quotité de la penfion.

8°. Le quartier des fous ou des
infenfés : ce logement eft capable
de contenir environ mille de ces
fortes de gens, & il y en a fouvent un pareil nombre. Dans ce
même quartier , il y a un dortoir
pour les jeunes filles qui ont quelques infirmités, comme les écrouel-

les, & autre maux qui peuvent fe gagner.

La nourriture des pauvres en général eft, cinq quarterons de pain par jour ; à l'égard de ceux qui font au deflus de foixante ans, on leur donne une livre de pain & un poiffon dẽ vin, également par jour. On donne auffi aux uns & aux autres de la foupe & un petit morceau de viande trois fois la femaine, c'eft à-dire, le Diman-che, le Mardi, & le Jeudi. Pour les autres jours, favoir, le Lun-di, Mercredi, Vendredi & Sa-medi, on leur donne à chacun, un jour un morceau de fromage, un autre jour une petite quantité de beurre falé, un autre jour des pois.

Il y a pour le Service fpirituel de l'Hôpital quatorze Prêtres, y com-pris un Recteur à la tête. La Supé-rieure de l'Hôpital a trente-deux Officieres, qui ont chacune leurs quartiers & fonctions aflignées ;

elles ont à leurs ordres un grand nombre de filles qui sont employées aux divers besoins de la Maison, selon leurs talens. Il y a un Médecin qui vient faire ses visites, un Chirurgien gagnant maîtrise, un Compagnon, & cinq ou six garçons.

Les Chefs de l'Hôpital Général, pour l'administration temporelle, sont, M. le Premier Président, M. le Procureur Général, M. l'Archevêque de Paris, M. le Premier Président de la Chambre des Comptes, celui de la Cour des Aydes, M. le Lieutenant Général de Police, M. le Prevôt des Marchands. En outre, il y a vingt-six Directeurs ou Administrateurs perpétuels, un Receveur, & un Secrétaire : ils sont reçus au Parlement, & ils y prêtent serment.

Par le détail où nous sommes entrés, & vû la grande quantité de bâtimens & quartiers que renferme l'Hôpital, il sembleroit qu'on y a pourvu à tous les besoins

des pauvres ; cependant il y en a
un fort eſſentiel qui y manque ,
& qui feroit bien néceſſaire : ſavoir, des Infirmeries pour le commun des pauvres , lorſqu'ils ſont
attaqués de quelques maladies ac-
cidentelles , & dont ils pourroient
revenir s'ils étoient ſoignés : au
lieu que faute d'infirmerie , dès
que la maladie eſt d'un genre qui
peut ſe communiquer , & devoir
être de longue durée , on les envoie à l'Hôtel-Dieu. Voilà un beſoin qui doit ſolliciter la charité
des perſonnes aiſées , & les porter
à faire des fondations , ou à léguer
des fonds pour remplir inſenſible-
ment cet objet.

L'HOPITAL

DE BICÊTRE.

CET Hôpital tire son nom de Jean Wincester, Evêque en Angleterre, à qui il avoit appartenu en 1204 ; le Duc de Berri le rebâtit depuis sous le regne de Charles VI. Il fut habité en divers tems par plusieurs Princes. Comme dans la suite il étoit presque abandonné, le Roi, Louis XIV en fit don en 1656, pour servir en partie d'établissement à l'Hôpital Général, dont il devint une dépendance. Il fut d'abord destiné pour y renfermer les Mendians : aujourd'hui & depuis longtems il sert d'Hôpital à tous les hommes pauvres de tout âge, valides ou invalides, mais en plus grande partie aux vieillards.

En général tous les hommes

pauvres qui de leur bonne volonté, veulent se retirer à Bicêtre, y sont reçus ; mais il faut pour
cela qu'ils se présentent au Bureau
qui se tient à l'Hôpital de la Pitié
tous les Vendredis, avec leur extrait baptistaire, & le certificat
de pauvreté donné par le Curé de
leur Paroisse : on y reçoit aussi
ceux qui viennent de l'Hôtel-
Dieu avec un certificat des Administrateurs.

Il y a beaucoup de salles ou
dortoirs pour les pauvres : c'est-là
qu'ils habitent, mais ils sont eux-
mêmes en si grand nombre, que
la plupart couchent plusieurs dans
un lit.

Les pauvres ont pour nourriture cinq quarterons de pain bis
par jour, deux onces de viande
le Dimanche, le Mardi & le Jeudi au soir ; les autres jours ils ont
alternativement des pois, du beurre, un petit morceau de fromage.
A dîner, ils ont tous les jours de la

foupe faite avec de la graiſſe ou du beurre, la viande qu'on leur donne ne ſuffiſant point pour la quantité néceſſaire de ſoupe, & le premier bouillon étant pour les malades, qui ſont toujours en grand nombre. Les hommes âgés de ſoixante ans ont un poiſſon de vin par jour : ceux de ſoixante-dix ont un demi ſeptier : les autres pauvres d'un âge au deſſous n'en ont point, à moins qu'ils n'en achetent au débitant qui eſt dans la maiſon.

On reçoit à Bicêtre en qualité de penſionnaires, tous ceux qui ont le moyen de payer une petite penſion : tels ſont de pauvres gens qui ont quelque petite rente, ou de vieux domeſtiques penſionnés de leurs maîtres, ou ceux qui étant priſonniers par l'ordre de leur famille, ſont tenus de payer une penſion. Au reſte ces penſions ſont de différente ſorte, & ſelon les facultés des ſujets, il y en a qui

ne donnent qu'un écu par mois,
d'autres six livres, d'autres neuf,
d'autres quinze.

Il y a une cuisine à part pour ces
sortes de pensionnaires, ils ont du
pain blanc, de la viande à dîner
& à souper & du vin; mais ces
douceurs sont proportionnées re-
lativement à la somme qu'ils
paient; il y a une Sœur Officiere
préposée pour fixer ces différen-
ces: la plupart de ces pensionnaires couchent seuls dans leur lit.

Il y a pendant l'hiver des poël-
les dans les dortoirs, & l'Hôpital
fournit une petite quantité de bois
pour chaque poëlle.

Comme le plus grand nombre
des pauvres sont infirmes & ca-
ducs, on n'exige d'eux aucun
travail; mais on occupe autant
qu'il est possible ceux qui ne sont
point trop âgés, & qui sont en
état de travailler. On leur fait
faire de la toile, ou des couvertures, ou des lacets, & on leur

donne une petite somme pour chaque quantité d'ouvrage ; par exemple, pour la toile, tant par aune : on en occupe d'autres à la culture des jardins, ou au service des pauvres infirmes, & on a égard à leur travail par quelque petite rétribution qu'on leur donne, ou en augmentant leur portion de pain & de viande, ce qui se pratique à l'égard de tous ceux qui sont chargés de quelque fonction dans la Maison.

On reçoit encore à Bicêtre un certain nombre de pauvres valides & jeunes pour y passer l'hiver, parcequ'il y a alors beaucoup de travaux suspendus, mais au printems on les renvoie.

En général tous les pauvres valides ont la liberté de travailler à quelque ouvrage pour leur profit ; mais aucun n'a la liberté de sortir de la Maison, à moins d'une permission qui s'accorde assez facilement.

Outre les dortoirs deſtinés à loger le commun des pauvres, il y a divers quartiers ou bâtimens où l'on met telle ou telle ſorte de pauvres ou de priſonniers.

1°· Le quartier, dit le bâtiment neuf, il eſt compoſé de divers dortoirs ; dans l'un ſont les imbécilles ou foibles d'eſprit, & non inſenſés ; dans l'autre ceux qui ſont attaqués·des écrouelles ; dans le dernier ceux qui tombent du haut mal.

2°. Le quartier des inſenſés ou fous : il eſt compoſé de diverſes loges à droite & à gauche, ſur des cours longues ; le nombre des fous va au tour de 150 ou 200.

3°.Le quartier des ſujets attaqués de la maladie vénérienne : on les y traite de cette maladie juſqu'à parfaite guériſon. Il y a pour cela deux corps de logis ſéparés, l'un pour les hommes, ſoit de ceux qui ſont mis à Bicêtre, ſoit de ceux qui viennent de Paris. L'autre eſt pour les femmes qui y font envoyées de la Maifon de force de l'Hôpital Général , & qu'on y renvoie après le traitement. Les fujets pauvres qui viennent de Paris ne font admis qu'avec un certificat du premier Chirurgien de l'Hôtel-Dieu , & un ordre de M. le Lieutenant Général de Police. Tous ces divers malades font traités gratis , leur nombre eft d'environ deux cens : il paffe cinquante fujets à la fois par les remedes , toutes les cinq femaines , & le même nombre à peu près pour les femmes En un mot on guérit au moins chaque année 800 perfonnes , tant hommes que femmes ; il s'en préfente un nombre beaucoup plus grand , mais qu'on ne peut recevoir faute de logement.

Prifons de Bicêtre.

1°. Le quartier dit de la *Correction.* On y renferme des enfans dont les parens ont tout à craindre, vu les mauvaises inclinations qu'ils ont fait paroître , & autres actions capables de deshonorer une famille, ou bien lorsqu'ils font incorrigibles , & qu'ils se révoltent contre l'autorité paternelle. On y en met depuis l'âge de dix à onze ans, jusqu'à dix-sept. Ce font les parens qui obtiennent du Magistrat un ordre pour les y renfermer. Plusieurs paient une modique pension qui va autour de cent livres.

2°. La prison , dite le *Cabanon.* Elle renferme plusieurs sortes de prisonniers : d'abord ceux qui y font mis par ordre du Roi ; parmi ceux-là , il y en a quelquefois dont les crimes ont mérité la mort : d'autres font encore des scélérats qui ont fait connoître qu'ils étoient capables de toutes sortes de crimes , & qu'il faut priver de la liberté pour le bien de la société. D'autres font des sujets qui ont fait paroître leurs mauvaises

inclinations par des actions def-
honorantes, telles que le vol, ou,
autres qui pourroient les conduire
aux galeres, ou même à la poten-
ce : ils y font renfermés à la folli-
citation de leur propre famille,
qui, fur de juftes repréfentations,
obtient pour cela un ordre du Miniftre. Ces derniers paient penfion, & c'eft le Miniftre qui la
fixe, eu égard à l'état de la famille : elle eft ordinairement de deux
cens livres. Le nombre actuel de
ces divers prifonniers va autour
de deux cens cinquante. La plus
grande partie y font pour toute
leur vie, ou du moins pour longues années.

Autre prifon, dite les *Salles de
Force*. Ce font deux bâtimens à
part, ainfi que le précédent, qui
renferment les divers fujets qui y
font mis par ordre de la Police :
tels font les Mendians qu'on prend
dans Paris, bandits, gens fans
aveu, ou fufpects avec raifon,

D'autres y font détenus pour avoir
été convaincus d'être adonnés à
des crimes infâmes. Tous ces gens-
là ne font dans cette prifon que
pour un tems ; les Mendians, par
exemple, n'y font que pour quinze jours ou trois femaines , après
quoi on les met en liberté , mais
ils y font pour plus long efpace ,
s'il leur arrive d'être pris une feconde fois, Les autres y font plus
ou moins longtems , comme un
mois, deux mois, trois mois , &
même plufieurs années, felon la
griéveté des cas , les récidives ,
ou le danger qu'il y auroit de les
mettre en liberté : le tout à la volonté & à la prudence de M. le
Lieutenant de Police.

Il y a pour la garde des prifonniers foixante Gardes , prefque
tous Soldats Invalides, cinq Ser-
gens , & un Capitaine Officier.
Nous croyons pouvoir appeller ces
prifons des lieux d'horreur & de
mifere , ils en offrent le tableau ,

& fi nous en parlons, c'eft relati-
vement à notre objet, qui eft d'exciter la compaffion envers des
hommes dans la fouffrance. Nous
feroit-il permis de dire à cette occafion, que vû le grand nombre
des prifonniers qui font dans les
Salles de force, il faudroit augmenter le local, afin qu'ils puf-
fent du moins jouir de la pureté
de l'air, & qu'ils ne s'infectaffent
pas les uns les autres. L'efpace
étroit qui renferme une telle
quantité d'hommes de toute efpece, les expofe à des inconvéniens dont nous croyons devoir
épargner le détail au Lecteur. Il
feroit donc à fouhaiter que quelque perfonne aifée & charitable
donnât des fonds pour achever un
bâtiment très vafte, au dehors de
la Maifon, commencé depuis
vingt-cinq ans par feu M. Cornette, & qu'on n'a pu achever
faute de fonds.

De plus, les deux infirmeries
deftinées

deſtinées pour ceux qui tombent malades dans ces priſons, ſont réduites aux beſoins les plus preſſans, & les malades, vû leur grand nombre, y ſont dans un état digne de compaſſion.

Eh quoi ! n'exerce-t on pas tous les jours diverſes ſortes de charité envers les priſonniers détenus dans les autres priſons de Paris ? Nous en donnerons pluſieurs exemples dans le cours de cet ouvrage. On ne peut donc trouver mauvais que nous portions l'attention du Lecteur ſur ceux de Bicêtre.

Ils ont, il eſt vrai, mérité d'être renfermés pour des raiſons très ſages ; mais enfin ce ſont des êtres de la même eſpece que nous, & qui néanmoins ſemblent exclus de tout genre de ſecours que l'humanité accorde aux criminels. Si la Juſtice déploie ſon glaive pour punir les coupables, elle ne trouve point mauvais que la charité

B

adouciſſe la rigueur de leurs peines.

Ce ſeroit encore une bonne œuvre de mettre les Sœurs Officieres
en état de donner quelques douceurs aux pauvres vieillards , comme des légumes les jours maigres ,
du beurre , du fromage , un peu de
vin aux infirmes qui n'ont pas encore ſoixante ans , ou qui ne peuvent juſtifier de leur âge , faute
d'extrait baptiſtaire. Nous en di-
ſons de même pour les priſonniers
qui , n'ayant aucune reſſource , ne
peuvent payer aucune ſorte de
penſion , & qui ſont dans un état
continuel de ſouffrance , étant dénués de tout.

Enfin il faut obſerver que Meſſieurs les Adminiſtrateurs , avec la
meilleure volonté du monde , ne
peuvent ſuffire aux beſoins des
pauvres , vu le grand nombre d'in-
fortunés qui rempliſſent cet Hôpital. Ainſi les perſonnes qui ſe

proposent de faire des charités, devroient leur fournir des moyens pour que les malades ne fussent pas réduits au triste état où ils sont.

Le nombre des pauvres & des personnes que renferme la Maison, monte en totalité aux environs de quatre mille cinq cents.

Il y a sept Prêtres pour les fonctions spirituelles, le Chef a la qualité de Vicaire ; ils sont subordonnés au Recteur des Prêtres qui réside à l'Hôpital Général, & qui vient de tems en tems regler les affaires spirituelles. En outre onze Sœurs Officieres & soixante filles qui sont employées sous leurs ordres, vingt-quatre Enfans de chœur, & un Ecclésiastique pour les conduire ; de plus un Médecin qui ne loge point dans la Maison, mais qui vient y faire ses visites plusieurs fois la semaine ; un Chirurgien gagnant maîtrise, & qui a sous lui dix éleves, un Chirurgien major qui réside à la Pitié.

Il y a de plus un Maître & plufieurs Compagnons de tous les
métiers néceffaires dans la Maifon.

Le Bureau, pour regler les affaires particulieres de la Maifon,
& pourvoir aux befoins occurrens,
fe tient tous les Vendredis par
MM. les Adminiftrateurs qui s'y
rendent : il y a pour le travail du
Bureau un Econome & plufieurs
Commis.

En finiffant l'article de l'Hôpital
de Bicêtre, nous croyons devoir
faire mention du puits célebre
conftruit il y a environ trente-
quatre ans, & qui eft de la plus
grande utilité pour cette Maifon.
Comme elle eft fur une grande
élévation, & qu'il n'étoit pas facile d'y procurer la quantité d'eau
qui lui eft neceffaire, on tenta
l'entreprife de ce puits, que bien
des gens vont voir par curiofité,
comme un monument de l'induf-
trie des hommes & de l'habileté

de celui qui en inventa le deſſein. Il fut conſtruit en 1733, 34, & 35, ſous les ordres de M. de Bof-frand, Architecte du Roi.

Ce puits eſt d'abord remarqua-ble par ſon énorme capacité, & la ſolidité de la maçonnerie, il a trente quatre toiſes & demi de profondeur, & quarante - cinq pieds de circonférence.

Chaque ſeau peſe 2784. liv.

Il tient environ trois muids.

Il monte en cinq minutes ſans forcer les chevaux.

On tire par jour cinq cents muids.

Le cable où ſont ſuſpendus les ſeaux ne dure qu'environ trois mois.

Huit chevaux ſont employés uni-quement à tirer les ſeaux, ſavoir, quatre pendant trois heures, & qui ſont relayés par les quatre au-tres pour travailler le même eſ-pace de tems ; & ainſi alternative-ment & continuellement, même les Dimanches & Fêtes, depuis six heures du matin jufqu'à fept heures du foir.

Ils font attachés à un long levier, qui en tournant autour du puits, fait tourner la machine à roue & à dents, par le moyen de laquelle le fceau eft tiré en haut.

Le réfervoir, qui eft auprès, eft digne d'attention, il a foixante pieds en quarré, neuf pieds de profondeur, & contient 4500 muids.

L'HOPITAL
DE LA PITIÉ.

Fauxbourg Saint Victor.

L'ÉTABLISSEMENT de cette Maison remonte vers l'an 1650 : on y entretenoit deslors un certain nombre de petits garçons & de petites filles, & quelques vieilles femmes infirmes. En 1656, lorsqu'on prit le dessein d'enfermer les Mendians valides & invalides dans un même Hôpital, on prit la Maison de la Pitié pour une de celles qui devoient composer l'Hôpital Général, & depuis ce tems là elle lui fut unie, & destinée seulement pour les pauvres petits garçons qui sont de Paris & des environs.

Les sujets qui ont droit d'y être reçus, sont, 1°. ceux qu'on y envoie des Enfans Trouvés, & de l'Hôpital Général. 2º. Ceux des pauvres familles de Paris. 3º. Ceux des lieux circonvoisins.

On n'en reçoit de ces divers endroits que lorsqu'ils sont au dessus de cinq ans. On apprend aux uns & aux autres les élémens de la Religion, à lire & à écrire; le travail ordinaire à quoi on les occupe consiste à faire des lacets. Les enfans sont au nombre de 10 à 1200.

Ils vont aux enterremens lorsqu'on en demande : l'Hôpital prend cinq sols par chaque enfant lorsqu'ils sont sans surplis ; dix sols avec le surplis ; vingt sols pour l'Ecclésiastique qui les conduit : en outre on fait payer trois livres pour la sortie de la Maison & on retient deux flambeaux, les autres étant pour la Paroisse.

On leur donne pour leur nourriture autour de cinq quarterons de pain par jour & de la soupe : on leur donne aussi un petit morceau de viande trois jours de la

femaine : favoir , le Dimanche ,
le Mardi & le Jeudi ; les autres
jours , on leur donne tantôt des
pois , tantôt du fromage , tantôt
du beurre.

Ils couchent tous dans des lits
à part , & en hiver il y a des poëles
dans les lieux où ils font le plus
ordinairement. La Maifon garde
tous ces petits garçons jufqu'à l'â-
ge de quinze à feize ans , & jufqu'à
ce qu'ils aient fait leur premiere
communion.

Etant parvenus à cet âge , ils ont
un fort différent , felon le lieu
d'où ils viennent originairement ;
ceux qui font venus des Enfans
Trouvés ou de l'Hôpital Général ,
font envoyés depuis quelque tems
à Melun ; il y a là un particulier
qui a fait un établiffement pour
recevoir ces fortes d'enfans , &
pour les deftiner à travailler à l'a-
griculture en divers endroits. De
plus il y a treize places fondées de
150 livres chacune , pour payer

l'apprentiſſage de divers métiers, & il y a tous les ans une loterie où on les fait tirer pour pouvoir avoir droit à l'une de ces places.

En outre, les Maîtres artiſans de Paris ont la liberté de venir prendre dans l'Hôpital les ſujets qui peuvent leur convenir, pour leur ſervir d'apprentifs dans leur métier, & l'Hôpital donne à ces Maîtres un petit trouſſeau pour l'enfant, & il paie les frais du brevet. Si le garçon étoit un mauvais ſujet, & qu'il eût quelque défaut notable, comme s'il devenoit libertin ou enclin au vol, le Maître eſt en droit de porter ſes plaintes au Bureau, & de ramener le garçon à la Pitié, & ſelon la griéveté des cas, on le tient en priſon, & même on l'envoie à Bicêtre.

A l'égard de ceux que leurs parens ont mis dans l'Hôpital, ceux-ci peuvent les retirer, s'ils veulent, lorſqu'ils ſont parvenus à l'âge ſuſdit, ou bien on les oc-

cupe dans la Maiſon à divers métiers , comme de Menuiſier , de
Vitrier, de Serrurier , &c.

La Maiſon eſt gouvernée , pour
ce qui concerne l'entretien , par
des Sœurs de la même ſorte que
celles de l'Hôpital Général : elles
ſont au nombre de dix à douze ,
& elles ont ſous elles environ près
de cent filles de ſervice.

Il y a ſix Maîtres & ſix Sous-
Maîtres pour le gouvernement de
ces enfans , c'eſt-à-dire , pour leur
faire obſerver la regle de la Maiſon , tant pour l'inſtruction , que
pour le travail , & pour le maintien de la diſcipline.. Ces Maîtres
ſont ou Laïcs , ou Eccléſiaſtiques :
ils ſont entretenus & ils ont des
gages.

Il y a ſept Prêtres pour les fonctions ſpirituelles de l'Hôpital , &
pour deſſervir l'Egliſe ; vingt-
quatre Enfans de chœur & un Eccléſiaſtique à leur tête , qui eſt Prêtre ; ces enfans ont pour la nour-

riture des douceurs que les autres
n'ont pas.

De plus il y a un Médecin, un
Chirurgien Major & deux Eleves.
Les formalités pour faire recevoir un enfant à la Pitié, c'est de
le préfenter au Bureau avec fon
extrait baptiftaire, & le certificat de pauvreté du Curé de la Paroiffe dont il eft. Ce Bureau eft
dans l'Hôpital même : c'eft auffi
le lieu ordinaire où les Adminiftrateurs de l'Hôpital Général tiennent leurs affemblées ; il y a un
Econome, un Agent d'affaires &
trois Commis, dont un tient les
regîtres, & régit les affaires cou-
rantes.

Le bien qu'il y auroit à faire
pour la Maifon de la Pitié, &
qu'on pourroit regarder comme
la bonne œuvre la plus urgente,
feroit de contribuer par quelque
legs ou fondation à achever un établiffement que la fageffe des Adminiftrateurs a jugé néceffaire ;

mais il n'eſt que commencé, & il
ne continue pas, faute de fonds :
ſavoir, une Infirmerie pour les
enfans malades, ſur-tout ceux du
plus bas âge, qui méritent plus
de commiſération. Le défaut de
ce ſecours eſt cauſe que la Maiſon
eſt obligée de les envoyer à l'Hôtel-Dieu, où ils ne font que groſſir
le nombre de ceux qui y ſont déja,
& rendre le ſervice plus difficile
aux Sœurs qui ſont chargées de
cette pénible fonction ; au lieu
que, s'il étoit poſſible de leur donner dans la Maiſon même tous
les ſoins & les ſecours dont ils ont
beſoin, on ſauveroit un grand
nombre de ſujets à l'Etat.

L'HOTEL - DIEU.

Parvis Notre-Dame.

L'Hotel-Dieu est le plus ancien Hôpital de Paris : on le croit fondé par Saint Landri, Evêque de cette ville, vers l'an 660. Le Roi Saint Louis fit de grands biens à cette Maison ; Henri IV, pareillement. Plusieurs personnes ont imité depuis un si pieux exemple.

Il est établi pour les malades de quelque âge, sexe & condition, pays & Religion qu'ils soient : on les y reçoit à toute heure du jour & de la nuit, sans qu'il soit besoin d'aucune recommandation.

En entrant dans l'Hôtel-Dieu, le malades sont visités par le Chirurgien qui est de garde, appellé le Chirurgien de la porte, & qui change tous les mois. Il examine : 1°. s'ils sont réellement malades

1°. s'ils n'auroient pas quelque maladie ou mal qui les excluroit du droit d'être admis : car on n'y reçoit point les hommes ou femmes qui feroient atteints ou de la teigne, ou de la gale, ou du mal vénérien. Que fi un malade eft atteint de ce dernier mal, on lui donne un billet figné du Chirurgien Major; le malade, muni de ce billet, follicite un ordre de M. le Lieutenant de Police, avec lequel il eft admis à l'Hôpital de Bicêtre pour y être traité gratis. De plus, l'Hôtel-Dieu eft autorifé à refufer les gens dits de force, tels que les prifonniers de Bicêtre, & les femmes de la Maifon de force de l'Hôpital Général ; ainfi qu'il a été reglé par Arrêt du Parlement du mois d'Août 1761.

Lorfque les malades font vifités, on les écrit fur le regître des entrées ou de la réception le plus exactement qu'il eft poffible, & l'on attache à leur bras un petit

billet avec de la ficelle dans lequel on écrit leur nom & la date
de leur entrée S'ils viennent à
mourir, on reprend ces billets &
on les rapporte au Bureau de la
réception, afin de les marquer au
nombre des morts. Lorfqu'un malade eft fi mal qu'il ne peut dire
fon nom, on écrit fon fignale-
ment fur le regître dans un chapitre qu'on appelle *les anonymes.*

Le nombre des malades de l'Hôtel-Dieu, monte ordinairement
& habituellement de trois à quatre mille.

Ils font fervis par des Religieufes de l'Ordre de Saint Auguf-
tin, lefquelles doivent avoir fait
un noviciat de fix ans avant d'ê-
tre admifes à profeffion. Ces filles
refpectables font l'admiration des
citoyens par leur modeftie, leur
vertu, & par le mérite de l'œuvre pénible à laquelle elles fe dévouent pour le fervice continuel
des malades. Elles font au nombre

d'environ quatre - vingt - douze ;
elles ont fous elles environ cinquante novices & dix-huit Sœurs
qu'on appelle *les Sœurs de la Chambre d'en haut*, qui ne font point
Religieufes, & qui font deftinées
à fervir les pauvres malades. Elles ont à leurs ordres quantité de
filles de fervice pour les forts travaux de la Maifon, qui font ga-
gées, & environ quatorze domeftiques qu'on appelle *Embal-
leurs*, qui conduifent le chariot
des morts à Clamar, ou qui les
portent au Cimetiere des Innocens.

Il y a pour tous les malades
douze cents trente-trois lits diftribués en vingt-trois falles dans
l'ordre fuivant.

Noms des Salles.　　　　Nombre des
　　　　　　　　　　　lits de chaque ſalle.

1. Le Légat, ou Ste. Marthe.　60
2. La Salle jaune, ou de S. Au-
　guſtin.　　　　　　　　　49
　Ces deux ſalles ſont pour les
femmes au deſſus de trente ans,
juſqu'à l'âge décrépit.
3. L'Infirmerie, ou S. Jean, pour
　les jeunes femmes & filles juſ-
　qu'à l'âge de trente ans.　66
4. S. Denis, pour les domeſtiques
　de la Maiſon, &c.　　　48
5. S. Côme, pour les Militaires.

　　　　　　　　　　　　54
6. Le Roſaire, pour les Chirur-
　giens.　　　　　　　　64
7. S. Charles, pour les hommes,
　depuis vingt ans, juſqu'à l'âge
　décrépit.　　　　　　110
8. S. Antoine, pour les cataractes
　& autres malades de tout âge,
　pour les hommes.　　　58
9. S. Roch, pour les jeunes gar-
　çons au deſſous de vingt ans. 31

Noms des Salles.	Nombre des lits.

10. Les Taillés , pour l'opération de la pierre.   36

11. S. Nicolas , pour les femmes & filles blessées , & toute opération à leur égard.   71

12. Sainte Therese , ou la Crêche, pour les enfans & leurs Nourrices , vingt-cinq lits & vingt-huit berceaux.   25 , 28

13. Sainte Martine , pour les folles , les imbécilles , les fcorbutiques de tout âge.   72

14. S. François , pour les garçons variolés , c'est-à-dire , attaqués de la petite vérole.   35

15 Sainte Monique , pour les variolées & les vieilles plaies.   70

16. S. Landry , pour les fcorbutiques de tout âge.   113

17. Saint Joseph , pour les femmes en couche.   112

18. Sainte Marguerite , aussi pour les femmes en couche.   12

Noms des Salles.	Nombre des lits.
19. S. Pierre & S. Paul, pour les bleſſés de tout âge.	110
20. S. Yves, pour Meſſieurs les Prêtres.	8
21. S. Louis, pour les fous de tout âge & de tout état.	15
22. La ſalle des opérations, pour les opérations ſur les hommes de tout âge.	14
23. S Marcel, ordinairement vacante, pour les hommes ſcorbutiques de tout âge.	0
Total, 23 Salles.	**1233 lits.**

Il eſt bon de ſavoir que dans la Salle, dite la jaune, ou de la recommandation, une partie des femmes malades ſont ſeules dans un lit, & en moindre nombre que dans les autres ſalles. C'eſt la Religieuſe d'office, c'eſt à-dire, qui a le foin à fon tour de cette falle, qui eft la maitreffe d'y admettre les malades qu'elle juge à propos. Il y a auffi trois autres falles de la même efpece pour les hommes, dites pareillement de la recommandation : favoir, Saint Denis, le Rofaire & S. Antoine ; pour y être admis, la chofe dépend également de la Religieufe d'office.

Tous les malades font fervis à des heures reglées : à l'égard de ceux qui font aux bouillons, on leur donne du bouillon de deux heures en deux heures. Pour ceux à qui il eft permis de manger, on leur donne à dix heures du matin de la foupe, & un morceau de viande avec du pain, le tout en une quantité très raifonnable : on leur donne auffi un demi-feptier de vin par jour. On donne même du poulet, ou autre volaille à ceux qui ne font que commencer à manger. A cinq heures du foir, on leur donne à-peu-près la même portion : on ne renvoie les malades, que lorfqu'ils font parfaitement rétablis.

Il y a pour la vifite des malades huit Médecins, qui demeurent en ville, dont quatre viennent exactement tous les matins, les quatre autres le foir.

Il y a jufqu'à près de cent Chirurgiens, ou garçons Chirurgiens, avec un Chirurgien Major à leur tête. Treize d'entre eux font nourris & logés dans la Maifon ; quinze font feulement nourris, & les autres n'ont rien : ces derniers font appellés externes, ou ayant tablier : ils doivent fe rendre exactement à fix heures du matin & à trois heures de l'après midi pour panfer les malades, fans quoi ils feroient exclus. Après quelque tems ils font nourris & logés, à raifon de leur ancienneté & de leur mérite. Deux des plus anciens gagnent leur maîtrife gratis dans l'efpace de fix ans, à compter du jour qu'ils font

gagnans maîtrise ; mais avant d'en
être-là , ils y passent au moins
quatorze ou quinze ans.

Il y a une Apothicairerie fournie
de toutes sortes de médicamens.
Elle est confiée aux soins d'un Apo-
thicaire-Major , qui a sous lui deux
gagnans maîtrise , & trois compagnons. Ces garçons gagnent
leur maîtrise aux mêmes conditions que les Chirurgiens , à cette
différence près , qu'ils sont toujours logés & nourris dans la Maison. Les Sages-Femmes qui sont
admises par le Bureau à travailler
à l'Hôtel-Dieu , & qui y servent
pendant trois mois , gagnent leur
maîtrise.

Il faut observer encore , que les
Boulangers, Serruriers, Charpen-
tiers , Maçons , & généralement
tous les ouvriers , gagnent leur
maîtrise *gratis* à l'Hôtel-Dieu
apès un certain tems de service.

Il y a de plus une Boulangerie
très-bien construite & de grands

greniers : on y fait tous les jours quatre mille livres de pain , pour la confommation journaliere : on y tient une boucherie , qui pendant le carême a feule le privilége de fournir de la viande à tout Paris ; il eft même défendu , fous peine d'amende , de vendre de la volaille & du gibier ailleurs qu'à l'Hôtel-Dieu. Une grande commodité dont jouit cette Maifon , c'eft que les eaux qu'on y puife , viennent de la pompe du pont Notre-Dame , & elles fe diftribuent par des tuyaux de communication dans toutes les falles & cuifines ; &, à l'aide d'un réfervoir & d'une pompe , on les éleve juf-qu'au troifieme étage.

Il y a en hiver des poëles dans les falles des petites véroles ; & dans celles des opérations, & des Taillés.

Parmi les Religieufes , il y en a quatre qui veillent toute la nuit, & fe relevent tous les huit jours ;

la

la plus ancienne se nomme la Mere aînée, & les autres sont appellées *veilleuses*. Elles ont à leurs ordres un certain nombre de novices & de filles de service, pour soigner les malades pendant la nuit.

Pour l'administration spirituelle de la Maison, il y a vingt-quatre Prêtres, dont le Chef est qualifié de Maître au spirituel. Son devoir est de veiller au bon ordre de la Communauté; il est chargé de faire le catéchisme pendant l'Avent & le Carême aux jeunes domestiques des deux sexes de la Maison, de faire quelques instructions certains jours de l'année, & il va tous les jours dans les salles consoler les pauvres malades.

Parmi les autres Prêtres, quatorze sont chargés de l'administration des Sacremens, & des autres fonctions du ministere, qui, eu égard à la grande quantité de malades, ne peuvent être que fort pénibles. Dans ce nombre de Prê-

C

tres, font compris un Prêtre Alle-
mand & un Prêtre Irlandois, pour
confefler les malades de leur na-
tion. Ces deux places font fondées
pour les Allemands & les Irlandois,
exclufivement à tous autres. Tous
les Prêtres prennent le nom de Vi-
caires. Il eft bon d'avertir que ces
Eccléfiaftiques ne font aucune peine aux malades qui ne font pas Catholiques, ni même Chrétiens;
ils n'emploient ni les menaces ni
aucune violence; mais ils tâchent
par la douceur, & par toutes les
voies que la charité leur fugge-
re, de les attirer à l'Eglife; &
la Maifon a pour eux les mêmes
attentions & les mêmes foins. Des
neuf autres Prêtres reftans, huit
font chargés de chanter tout l'Office Canonial : on les appelle
Chapelains. Ils commencent Matines à cinq heures précifes du
matin, à fix heures ils chantent
une grand'Mefle, & à neuf heures une autre. Ils font auffi char-

gés des enterremens, c'eſt à-dire,
que chacun à ſon tour accompa-
gne le chariot des morts à Cla-
mart, & ils aſſiſtent aux enterremens qui ſe font aux Innocens, ou
ailleurs ſelon l'intention des parens du défunt. L'autre Prêtre reſ-
tant eſt chargé de recevoir les rétributions des Meſſes, & de prendre ſoin des ornemens : on le nomme le Sacriſtain.

Le Chapitre de Notre - Dame
eſt le Supérieur au ſpirituel de
l'Hôtel - Dieu : mais comme il
ne peut en remplir les fonctions
en corps, il députe deux ou trois
membres ; ce ſont ces députés qui
nomment aux places des Eccléſiaſtiques chargés des fonctions du
miniſtere auprès des malades, &
c'eſt M. l'Archevêque qui les ap-
prouve. A l'égard de la place du
Sacriſtain, ce ſont Meſſieurs du
Bureau qui y nomment.

Après la deſcription que nous
venons de faire de ce vaſte aſile

deftiné à la confervation des pauvres affligés de maladie , établiffement comparable pour l'utilité
avec l'Hôpital Général , qui ne
béniroit la Providence de conferver toujours cette Maifon , & de
lui procurer les reffources néceffaires pour le foulagement d'un fi
grand nombre de malades , qui
réduits à la pauvreté , périroient
chez eux faute d'affiftance , & qui
trouvant cet azile , font confervés
en bonne partie les uns pour leur
famille , & tous pour l'Etat ?

Qui n'admireroit l'ordre qui
regne dans cette Maifon pour le
fervice des malades : car quel détail immenfe ne demandent point
les foins néceffaires pour les nourrir , les médicamenter , leur fournir tous leurs befoins ?

Le fpectacle de l'Hôtel-Dieu
ne peut qu'exciter la compaffion
des Fideles : auffi c'eft à la charité
d'un certain nombre d'entre eux ,
que cet Hôpital doit une partie de

fes reffources , & c'eft ainfi que
par leurs aumônes ils contribuent
à la confervation de cette grande
œuvre. Voilà pourquoi il y a dans
toutes les Eglifes de Paris des
troncs deftinés pour recevoir les
aumônes que les ames charitables
veulent faire à l'Hôtel-Dieu.

Nous croyons pouvoir dire ici
que les perfonnes de piété , & qui
font à leur aife , devroient fe faire
une forte de fcrupule de n'avoir
jamais vifité un tel lieu , & de ne
vouloir pas même y entrer par une
délicateffe qui leur fera peut-être
reprochée un jour : elles en tire-
roient plus d'une leçon.

C'eft encore ici le lieu de défa-
bufer bien des gens , & fur-tout
ceux du peuple , pour qui cette
Maifon eft un objet de terreur ,
lorfqu'ils fe trouvent dans la néceffité d'y aller chercher un azile ,
la plupart s'imaginant qu'ils vont
y mourir. Il eft bon que l'on fache
qu'aucun malade n'y meurt par

pure faute de fecours, mais par la
nature du mal qui les emporteroit
également par tout ailleurs. La
meilleure preuve qu'on peut avoir
de cette vérité : c'eft de comparer
le nombre des malades qui entrent dans le cours d'une année à
l'Hôtel-Dieu , avec le nombre de
ceux qui y meurent. Or il eft vé-
rifié par les regîtres , que le nombre des malades qui y entrent,
monte année commune à trente
mille , & celui des morts à fix
mille : ce qui ne fait que la cinquieme partie. Il eft même fur-
prenant qu'il n'en meure pas da-
vantage , un grand nombre s'y fai-
fant tranfporter lorfqu'ils ont laiffé empirer le mal , & qu'il n'y a
plus de remede , & plufieurs autres y étant apportés bleffés mor-
tellement. En un mot fans l'azile
de l'Hôtel-Dieu , on trouveroit
morts dans leur pauvre réduit,
quelquefois jufque dans les rues,
une grande quantité de gens du

peuple , par pure mifere. Cependant il ne fuit pas moins de ce calcul, que par le fecours de l'Hôtel-Dieu , vingt-quatre mille citoyens font tous les ans confervés à l'Etat.

L'Hôpital Saint Louis fitué entre le fauxbourg Saint Martin & celui du Temple , Paroiffe Saint Laurent , eft une dépendance de l'Hôtel Dieu : c'eft un grand édifice , fondé par les libéralités du Roi Henri IV. On l'ouvre dans le tems où il pourroit y avoir des maladies épidémiques & contagieufes , quelquefois auffi pour décharger l'Hôtel-Dieu ; mais on ne l'ouvre point que cela ne foit ordonné par un Arrêt du Parlement.

L'Hôpital Sainte Anne , dit communément la Santé , près du petit Gentilli , appartient encore à l'Hôtel-Dieu ; il eft deftiné pour les peftiférés : c'eft pour cela qu'on l'a placé, comme le précédent, hors de la ville.

Il nous reste à parler du grand Bureau de l'Hôtel Dieu, ou de la grande Administration. Ceux qui le composent, sont, M. l'Archevêque, M. le Premier Président, M. le Lieutenant Général de Police, M. le Prevôt des Marchands, M. le Premier Président de la Chambre des Comptes, M. le Premier Président de la Cour des Aydes. Ces Messieurs sont les premiers Administrateurs nés de tous les Hôpitaux de Paris: ils s'assemblent tous les trois mois à l'Archevêché. Ce qu'on appelle simplement le Bureau, est composé de douze Commissaires de la grande Administration, qui sont ordinairement des Conseillers au Châtelet, ou autres personnes de distinction: ils s'assemblent en un certain nombre tous les Mercredis & Vendredis dans le Bureau

fitué au Parvis Notre-Dame. Ils y
examinent les rôles des dépenfes
& des recettes , & autres chofes
qui regardent le détail & le bon
ordre de la Maifon. Pendant les
vacances du Parlement , ce Bureau vaque pareillement , mais il
refte toujours un certain nombre
de Commiffaires pour les affaires
indifpenfables : c'eft ce qu'on appelle le petit Bureau. Ces Meffieurs ont à leurs ordres un Inf-
pecteur , un Sous-Infpecteur , &
un certain nombre de Commis ,
comme Econome , Sous-Econo-
me , Greffier , Architecte , Huif-
fier , &c. On paie les honoraires
des Officiers , & les gages des
domeftiques tous les trois mois.

LES DEUX MAISONS

DES ENFANS TROUVÉS.

L'une située rue Neuve Notre-Dame, & l'autre rue du Faux-bourg S. Antoine.

LA plupart des établissemens de charité doivent leur origine à la piété de quelque serviteur de Dieu, ou de quelqu'une de ses servantes. Leur cœur étant sans cesse animé du feu de l'amour Divin, ils s'intéressoient à tout ce qui regardoient leurs Freres : car, comme dit l'Apôtre, la charité est douce & bienfaisante. De-là naissoit en eux une compassion toute chrétienne pour les pauvres, un desir de soulager leurs miseres, & de procurer le salut de leurs ames. Occupés de ces vues, leur charité ingénieufe leur faifoit fouvent trouver les moyens de procurer ces deux avantages. De-là, tous ces aziles que nous voyons élevés de côté & d'autre, foit pour foulager la mifere, foit pour garantir les ames des piéges du Démon.

Tels furent les fentimens dont étoit rempli S. Vincent de Paule, Inftituteur de la Congrégation de la Miffion établie à S. Lazare. Il fut touché en homme chrétien, & en bon citoyen, de l'abandon des enfans expofés, dont l'ame étoit en grand danger par le défaut de baptême, & la vie naturelle par l'abandon des pere & mere, ou inhumains ou dans l'impuiffance de les nourrir & de les élever. La perte de ces jeunes fujets pour la Religion & pour l'Etat, émut le cœur de ce faint Prêtre, toujours difpofé aux œuvres de charité. Il fit fans doute part de fa peine à quelque bonne ame : car

en 1638, une Dame veuve & charitable entrant dans les vues du
pieux Vincent, voulut bien se
charger de recevoir ces enfans, &
les Commissaires du Châtelet,
après avoir fait leur procès verbal
de l'enfant exposé, l'envoyoient
chez cette veuve, qui demeuroit
près de Saint Landri, & sa maison fut nommée la Maison de la
Couche, comme on nomme aujourd'hui la Maison des Enfans
Trouvés près de l'Eglise Notre-
Dame.

Cet établissement fut comme
le germe de l'Hôpital des Enfans
Trouvés, & il en est la premiere
époque; mais comme les commencemens des meilleures entreprises
sont souvent exposés à des diffi-
cultés, celle-ci ne dura pas longtems. La charge devint trop forte
pour la personne qui avoit bien
voulu la prendre. Ses servantes
qui n'étoient pas animées de son
esprit, ennuyées du travail auprès

de ces enfans, en firent un commerce scandaleux dont la Religion
& l'humanité furent également
effrayées. Ces ames viles & mer-
cénaires vendoient ces enfants à
des mendiantes qui s'en servoient
pour exciter les charités du public
en le trompant ; d'autres les vendoient à des nourrices dont les
enfans étoient morts, ou à des familles qui les faisoient passer pour
les leurs propres : ce qui causoit un
trouble dans la société. Ces désor-
dres ne furent pas plutôt connus,
qu'on cessa d'envoyer ces enfans
dans un hospice si dangereux. Il
fut transporté dans la même année près de Saint Victor sous la
conduite de quelques Dames de
piété ; mais le nombre des enfans
ayant augmenté, les fonds des-
tinés pour leur subsistance, ne se
trouverent pas suffisans : on se vit
obligé de refuser l'entrée de l'hospice à un grand nombre.

En 1640, le Bienheureux Vin-

cent de Paule convoqua une affemblée des Dames de piété, qui
avoient bien voulu prendre foin
de ces enfans : il concerta avec
elles les moyens de leur procurer
une demeure capable de recevoir
tous les enfans qui fe trouveroient
expofés, & fit connoître à la Cour
fes vues charitables. La Reine mere s'y prêta, & accorda le Château
de Bicêtre pour retirer ces enfans
abandonnés ; mais la vivacité de
l'air de ce canton ayant paru évi-
demment nuifible à ces jeunes in-
fortunés, on les tranfporta au
fauxbourg Saint Lazare, où ils
furent nourris & élevés jufqu'en
1670 : ce qui fait voir que les
grands établiffemens ne parvien-
nent fouvent à un état permanent
& folide, qu'après plufieurs ten-
tatives. On acheta donc une maifon dans la rue Neuve Notre-Dame, deftinée à recevoir les enfans
expofés, & ce nouvel établiffement fut fixé dans le même endroit

où il fubfifte aujourd'hui. Le Roi
mît ce nouvel Hôpital fous fa fin-
guliere protection , Sa Majefté lui
fit part de fes aumônes , & lui accorda des Lettres Patentes.

Par l'Edit de 1670 , portant établiffement dudit Hôpital , il fut
arrêté un état des fommes qui lui
feroient annuellement payées par
les Seigneurs Hauts-Jufticiers de
la ville de Paris , pour la nourriture des enfans expofés , comme une charge de leurs Hautes-
Juftices , ordonnée de tout tems
par les loix du Royaume. Mais en
1675 , le Roi ayant réuni au Châtelet de Paris toutes les Juftices
des Seigneurs , eut la bonté d'ordonner qu'il feroit pris tous les
ans fur fon domaine une fomme
de vingt mille livres pour aider
à la fubfiftance des Enfans Trouvés.

Le nombre des enfans expofés
ayant augmenté prodigieufement
à mefure que la ville de Paris s'eft

aggrandie , & que le nombre des
habitans s'eſt multiplié , on peut
juger combien cet établiſſement
eſt devenu utile. Il ſuffit à cet
égard d'obſerver , que le nombre
des Enfans expoſés en 1670 , n'é-
toit que de trois cents douze, qu'en
1680 , il étoit de huit cents qua-
tre-ving-dix , & que d'année en
année il a toujours augmenté ,
juſque-là que depuis quelques années , il ſe monte année commune juſqu'à ſix à ſept mille : c'eſt
de quoi font foi les regîtres de cet
Hôpital.

La Juſtice a pendant longtems
regardé l'expoſition des enfans
comme un crime , mais la rigueur
des loix eſt toujours tempérée par
la ſageſſe & par la prudence , &
les Magiſtrats ont reconnu que la
ſévérité à cet égard étoit ſujette à
de grands inconvéniens. Parmi ces
malheureux enfans , les uns victimes du faux honneur de leur pere
& de leur mere , étoient quel-

quéfois cruellement facrifiés à une
honte, jufte à la vérité dans fon
origine, mais bien condamnable
dans fon effet : les autres, quoique nés d'un mariage légitime,
étoient abandonnés, ou même
immolés à la mifere de leurs au-
teurs. La Juftice ayant donc fermé
les yeux en quelque façon fur le
genre de crime de l'expofition des
enfans, les peres & les meres n'ont
plus eu de prétexte pour s'en dé-
faire d'une maniere auffi inhumai-
ne, & ils leur ont confervé la vie
qu'ils leur avoient donnée. Tout
s'eft trouvé d'accord pour concou-
rir à cette confervation ; la nature
répugne toujours à fa deftruction ;
la Religion s'y oppofe comme à
une infraction des commandemens de Dieu ; l'Etat, comme à
la perte de fes propres fujets, car
ils font fa force & fa gloire. C'eft
donc cette confervation des enfans qui eft l'objet principal de
l'établiffement des Enfans Trou-

vés , & c'eſt à le remplir que ceux qui ſont chargés d'en prendre ſoin, portent une ſinguliere attention.

C'eſt dans cette vue qu'à propor-tion que le nombre des enfans s'eſt augmenté , on a ſenti la néceſſité d'augmenter les logemens de cet Hôpital : car il n'y a guere plus de vingt ans qu'il étoit entouré de vieilles maiſons , & reſſerré dans des bornes trop étroites. En 1739, un grand nombre de ces enfans furent attaqués d'une maladie qu'ils ſe communiquoient , & la plupart en périrent. On en cher-cha la cauſe , & ſur l'avis des Mé-decins il fut jugé que le mal ve-noit du défaut d'air & du défaut de place. En conſéquence les Ad-miniſtrateurs prirent des arrange-mens pour aggrandir cet Hôpital, à quoi on eſt enfin parvenu par la démolition de pluſieurs maiſons , & par un différent arrangement du local. Par là on a rendu cette Maiſon aſſez étendue pour rece-

voir l'air néceffaire , & y entretenir la propreté & l'ordre qui y re-
gnent par les foins continuels des
Sœurs de la Charité auprès de ces
pauvres enfans , & qui font le fujet de l'admiration des citoyens.

On reçoit dans cette Maifon en
tout tems & à toute heure du jour
& de la nuit , fans aucune queftion , tous les enfans nouveaux
nés qu'on y préfente. La feule formalité eft un procès verbal fait par
un Commiffaire pour conftater le
lieu , le jour & l'heure où l'enfant a été trouvé , & le nom de
la perfonne qui le préfente, qui
n'eft point obligé de rien dire fur
aucune circonftance : ce Commiffaire expédie le procès verbal *gratis.*

On envoie ces enfans en nour-
rice en Normandie & en Picar-
die : on les fait vifiter tous les
deux ans par des Sœurs de la Maifon : on les en retire à cinq ans.
A leur retour , on en envoie le

plus grand nombre à la Maiſon des Enfans Trouvés rue du Fauxbourg Saint Antoine, on retient l'autre partie, & on n'envoie à la Pitié que ceux qui ont des maux incurables ; dans l'une & l'autre Maiſon on les éleve avec ſoin, & on leur apprend à lire & à écrire.

Outre la quantité raiſonnable de pain, on leur donne de la ſoupe, des légumes ou du fruit, & trois fois la ſemaine, on leur donne de la viande à ſouper ſeulement. Toutes les proviſions viennent de la Maiſon de Scipion, où ſe fait l'approviſionnement pour l'Hôpital Général, & les autres Maiſons qui ſont de ſon adminiſtration.

Les Enfans Trouvés un peu grands & de la rue Notre-Dame, vont aux enterremens de cette Cathédrale, & quelquefois à des Paroiſſes des environs ; & ceux du Fauxbourg Saint Antoine, vont

aux enterremens de la Paroiſſe
Saint Paul. Il revient cinq ſols à
chaque enfant pour ſon aſſiſtance,
deſquels les Sœurs rendent compte
au Bureau : ce qui provient des
flambeaux qu'ils rapportent, eſt
deſtiné à leurs petits beſoins.

On fait tricotter les garçons, &
on fait travailler les filles à la broderie & à la couture. Quand les
garçons ont fait leur premiere
communion, on les met en métier ou en ſervice, s'il ſe trouve
de bonnes places, & on ne les
perd pas de vue, juſqu'à ce qu'ils
ſoient bien pourvus : on en garde
auſſi quelques-uns pour le ſervice
de l'Egliſe. On garde les filles
un peu plus longtems, parcequ'elles font un ouvrage plus lucratif;
mais on met en métier celles qui
témoignent de l'inclination pour
en apprendre quelqu'un, ou bien
on les met en condition, s'il s'en
préſente une bonne Au reſte depuis environ deux ans, les Ad-

miniftrateurs ont jugé à propos de faire des levées de ces enfans, tant de filles que de garçons, qu'on envoie dans des Manufactures en Province.

On ne reçoit d'enfans expofés qu'à la Maifon de la rue Notre-Dame; celle de S. Antoine eft deftinée pour recevoir ceux que la Maifon de Notre-Dame envoie. Il y a environ vingt Sœurs de la Charité dans la Maifon de Notre-Dame, pour avoir foin de ces enfans, & leur fournir ce qui leur eft néceffaire, & il y en a environ autant dans celle du Fauxbourg S. Antoine.

Le befoin le plus preffant pour ces Maifons, feroit de quoi aider à payer les nourrices, auxquelles on doit beaucoup par la modicité du revenu de ces Maifons, vu le grand nombre d'Enfans Trouvés qui augmente tous les ans.

L'HOPITAL

DE LA TRINITÉ.

Rue S. Denis.

CET Hôpital dans son origine, étoit une grande Maison qui fut bâtie vers l'an 1200, par deux Etrangers charitables, pour y retirer les Pelerins & les pauvres Voyageurs. Quelque tems après on y construisit une Chapelle, & il y eut des Freres pour servir les pauvres. Vers l'an 1207, cet Hôpital prit le nom qu'il a encore aujourd'hui d'Hôpital de la Trinité. Dans la suite des tems, les Freres Religieux qu'on y avoit mis, ayant négligé d'exercer l'hospitalité, le Parlement donna un Arrêt l'an 1547, qui ordonna que les enfans des pauvres Invalides, compris dans les rôles de l'aumône

de la Ville, nés en légitime mariage, âgés au moins de six ans,
& dont les peres & meres auroient
demeuré depuis trois ans à Paris,
y seroient reçus, nourris, & instruits dans la Religion, & dans
les arts & métiers : ce qui fut exé-
cuté dans la même année. On fit
porter à ces enfans une robe bleue,
& un bonnet de la même couleur
pour se couvrir la tête, usage qui
subsiste encore aujourd'hui.

En 1571, les Administrateurs
obtinrent du Roi Henri II, la permission de bâtir dans l'enclos qui
est autour de cet Hôpital un grand
nombre de boutiques pour toute
sorte de métiers, & on permit de
les habiter à des Compagnons habiles, à condition qu'ils se char-
geroient de prendre pour apprentifs, & d'instruire dans leur métier les enfans qu'on voudroit leur
donner. Trois ans après le Roi
ordonna par des Lettres-Patentes
que tous les ans un de ces Compagnons

pagnons qui auroit montré pendant trois ans, ou plus, selon le métier, un de ces enfans, seroit reçu Maître, sur la présentation & le certificat des Administrateurs, & qu'il jouiroit des privileges de son métier ; sans être obligé à aucun chef-d'œuvre, ni à payer aucun droit ; qu'il en seroit de même pour les enfans instruits pendant le tems requis, & parvenus à l'âge de vingt-cinq ans.

En 1598, l'Eglise fut rebâtie & aggrandie par les pieuses libéralités du sieur Lhuillier, Président en la Chambre des Comptes, & par celles des sieurs Nicolas & Soules.

En l'état où sont les choses aujourd'hui, cet Hôpital contient cent garçons & trente-six filles : c'est un nombre fixé. On reçoit les garçons depuis huit jusqu'à douze ans. Il faut que le sujet soit natif de Paris, né en légitime mariage, qu'il soit orphelin de pere ou de

D

mere, qu'il ait été mis précédem-
ment à l'aumône de la Paroiſſe; ainſi
ces enfans ſont pris à tour de rôle
des différentes Paroiſſes de la ville
& des fauxbourgs. Avec ces conditions, M. le Procureur Général
leur accorde une place dans cet
Hôpital, s'il le juge à propos, &
quand il y en a une vacante : car
on ne paſſe pas le nombre de
cent. En conſéquence de la nomination de ce Magiſtrat, l'enfant eſt préſenté au grand Bureau
des Pauvres avec tous les actes &
certificats néceſſaires; de là on le
mene au Bureau de l'Hôpital de la
Trinité, où l'on enregiſtre les
pieces ſuſdites, & il eſt reçu dans
la Maiſon. En outre les parens
donnent à l'Hôpital pour l'entrée
de l'enfant la ſomme de quarante
livres, qui eſt réputée pour le
payement des premiers habits &
hardes néceſſaires. Le Chirurgien
de la Maiſon le viſite pour voir
s'il n'a pas quelque infirmité pour

laquelle il ne pourroit être admis,
par exemple , les écrouelles , la
gale, le scorbut, ou l'urinement
involontaire pendant la nuit.

On apprend à ces enfans leur
Religion , à lire & à écrire ; leur
occupation la plus fréquente est
d'aller aux convois de la plus
grande partie des Paroisses de Paris. Ces convois se paient diffé-
remment ; la plupart des Paroisses paient trois liv. dix sols pour
le droit de sortie , & un sol de
plus pour chaque enfant ; les autres Paroisses paient trois liv. pour
chaque douzaine d'enfans. A l'é-
gard de leur nourriture , ils font
leur quatre repas : on leur donne
de la soupe tous les jours , un morceau de bouilli raisonnable , & le
soir une petite portion d'une fri-
cassée de bouilli & de roti qui a
déja servi. Ils ont chacun un petit
lit où ils couchent seuls dans des
dortoirs : ils demeurent dans l'Hôpital jusqu'à l'âge de quatorze à

quinze ans , & jufqu'au tems où
ils ont fait leur premiere communion. Alors la Maifon , comme
une mere charitable , les met en
dépôt chez des ouvriers habiles,
tant de ceux qui font dans l'enclos de la Trinité , que dans Paris , jufqu'à ce qu'ils foient en état
de gagner leur vie de la profeffion
qu'ils ont embraffée : elle con-
ferve toujours fur eux tous les
droits de tutelle & de mere. On
les met à l'effai pendant un mois ,
pour voir fi le métier peut convenir à l'enfant ; l'ouvrier eft obligé
de l'entretenir & de le nourrir
fain & malade pendant le tems
de l'apprentiffage qui eft de trois
ans , & même plus felon le métier ; car les Bateurs d'or , Ti-
reurs d'or , Orfevres demandent
huit ans d'apprentiffage. L'ouvrier , au moyen de ce qu'il a inf-
truit l'enfant dans fon métier pendant le tems requis , acquiert la
qualité de Maître, & ne paie point

de maitrise à sa Communauté , &
l'enfant acquiert la qualité de fils
de Maître. En outre l'ouvrier est
obligé de donner à l'Hôpital une
certaine finance par forme d'aumône , laquelle n'est point fixe ,
mais elle se regle ordinairement
sur le genre de métier ; ainsi on
n'exigera pas tant d'un Cordonnier , que d'un Horloger ou d'un
Orfevre. Au bout de dix-huit
mois , lesquels sont pris dans les
trois ans d'apprentissage , l'Hôpital donne à l'apprentif environ
quinze livres en hardes , comme
chemises , souliers , &c. & après
son tems d'apprentissage fini , on
lui donne pour environ trente
livres en habit ou linge.

Au reste , il y a des personnes
préposées pour veiller au progrès
des enfans qu'on a mis en métier ,
& c'est ordinairement l'Ecclésiastique Supérieur de la Maison. Il
en entre en métier environ soixante tous les ans : voilà donc soi-

xante enfans, non feulement tirés
de la mifere & du libertinage,
mais encore foixante ouvriers que
l'Etat gagne, & qui font utiles à
la patrie. Combien de familles
aujourd'hui à leur aife, traîne-
roient encore dans la pauvreté des
jours malheureux, fi les fecours
que leurs peres ont trouvés dans la
Trinité, ne les avoient mifes en
état de fortir de l'indigence ? Il faut
encore obferver que le frere & la
fœur ne peuvent être reçus que
fucceffivement dans cet Hôpital,
& il faut que l'un ou l'autre ait
été mis en métier.

Pour ce qui concerne les filles,
nous avons dit ci-deffus que leur
nombre eft fixé à trente-fix : on
exige les mêmes conditions que
pour les garçons, quand on en
reçoit dans la Maifon. On les
prend à l'âge de huit à neuf ans ;
elles donnent en entrant la fomme
de cinquante livres, & à la fin de
leur tems on leur rend quarante-

cinq livres. On les inſtruit & on
les nourrit de même que les garçons : on les fait travailler les unes
à la tapiſſerie, d'autres à des ouvrages de couture pour la Maiſon, ou en linge pour les Bourgeois. Elles ſortent de l'Hôpital
après leur premiere communion,
& à l'âge de ſeize à dix-ſept ans ;
alors on les met en apprentiſſage
chez des Lingeres, ou des Coutu-
rieres, ou des Grainetieres : celles-ci donnent ſoixante quinze livres à l'Hôpital, & acquierent la
qualité de Maitreſſes.

Il y a quatre Prêtres pour le
gouvernement ſpirituel de la Maiſon ; quatre Sœurs, compris la
Supérieure, & environ huit filles
de ſervice.

En outre l'Hôpital a un Médecin & un Chirurgien, qui ſont
payés pour faire les viſites néceſſaires aux malades de la Maiſon.

   * (Quoique l'établiſſement de cet Hôpital ſoit un des plus utiles ; cependant il eſt peut être celui qui eſt le moins bien fondé. S'il s'eſt juſqu'ici ſoutenu, s'il a même donné une meilleure nourriture à ſes enfans, c'eſt moins à ſes richeſſes qu'on doit l'attribuer, qu'aux charités des Fideles, & à l'économie exacte de Meſſieurs les Adminiſtrateurs, qui en ſont les véritables peres. Il fut autrefois des tems heureux, où l'utilité d'une Maiſon aſſuroit ſa ſubſiſtance par les bienfaits du Public ; mais en ce moment où cet Hôpital a beſoin d'un plus grand ſecours, il ſe trouve plus abandonné, & comme ſans reſſource. Le peu de bien fonds qu'il a, conſiſte en maiſons, dont la vétuſté abſorbe

---

   * Ce qui eſt ici marqué d'une étoile & entre deux parenthèſes, eſt tiré d'un Avis au Public ſur cet Hôpital, inſéré dans la ſeconde partie du Mercure de Janvier de cette année.

en réparations la meilleure partie
du produit. Les bâtimens tombent
de toutes parts en décadence , &
l'impuiſſance où l'on eſt d'en faire
rebâtir aucun à neuf, les précipite
tous dans une commune ruine. La
ſeule inſpection du Corps de logis que l'Hôpital occupe , fait
trembler pour ceux qui l'habitent.
Les deux grands dortoirs du premier & du ſecond étage ſont
étayés, & prêts à tomber , ſi des
mains charitables ne viennent les
ſoutenir. Il ne paroît plus de bienfaiteurs , les noms de ces trois
derniers méritent de paſſer à la
poſtérité : M. Chauvin légua à cet
Hôpital , il y a environ quarante
ans, quatre-vingt mille livres ; feu
Monſeigneur le Duc d'Orléans,
lui en donna dix mille , & Madame la Comteſſe d'Illiers ſix
mille. Mais depuis quinze ans
que ces généreux exemples ne ſont
point imités , la Maiſon fait craindre pour ſa ruine. La dégradation

de fes bâtimens l'annonce, & l'ex-
tinction de la charité dans ce fiecle ; lui ôte jufqu'à l'efpérance de
les voir rétablis. Pour comble de
malheur la cherté du pain & de
tous les vivres, l'ont obligé de
fufpendre les réparations les plus
urgentes, au rifque de voir tout
écrouler. Puiffe le trifte état de
cette Maifon ranimer en fa faveur cet efprit de charité qui ren-
dit autrefois fi floriffant un établiffement auffi utile !

L'HOPITAL

DU S. ESPRIT.

Place de Greve.

CET Hôpital fut fondé en 1362
par quelques Bourgeois charitables en faveur des Orphelins de
Paris deftitués de tout fecours. On
acheta une maifon & un emplacement dans la Greve, l'Evêque
de Paris permit d'y bâtir une
Chapelle, & il y établit une Confrairie du Saint Efprit, pour exciter les Fideles à foutenir cet établiffement par leurs aumônes. En
1406, les Adminiftrateurs y firent
bâtir une Eglife qui a été rebâtie
dans ce fiecle. En 1413, on y
fonda une Confrairie de Notre-
Dame de Lieffe. Le Roi Charles VI, & Ifabeau de Baviere,
fa femme, voulurent être les prin-

cipaux Bienfaiteurs de cette Maifon.

On reçoit dans cet Hôpital les Orphelins de l'un & de l'autre fexe ; mais , 1°. il faut qu'ils foient nés de légitime mariage ; 2°. qu'ils foient nés & baptifés à Paris ou à Verfailles ; 3°. qu'ils foient orphelins de pere & de mere ; 4°. qu'ils foient fils de Maître dans un métier quelconque , quoique avec un peu de faveur auprès des Adminiftrateurs ceux-ci n'exigent pas à la rigueur cette derniere condition.

5°. Que les orphelins foient au deffous de dix ans pour les garçons ; & huit ans pour les filles : on en reçoit même dès l'âge le plus tendre , comme à trois ou quatre ans. Le nombre de ces enfans eft d'environ cent , & quelquefois un peu plus , tant garçons que filles. On fait la faveur d'en recevoir quelques uns au de-là de ce nombre , lorfque leur pere & mere

décédés ont laiffé quelque argent ,
comme celui qui peut provenir de
la vente de leurs meubles. Les
Adminiftrateurs devenant alors
comme tuteurs de ces enfans , re-
tiennent cette fomme , & la leur
rendent lorfqu'ils fortent de la
Maifon. On apprend aux garçons
à lire , à écrire , l'arithmétique , le
plain chant , & le deffein : on apprend également aux filles , à lire ,
à écrire & la couture.

Il faut que les parens ou amis
qui préfentent l'enfant , donnent
en entrant cent cinquante livres ;
mais on leur rend cette fomme
lorfqu'ils fortent de la Maifon , &
on donne aux garçons l'étoffe néceffaire pour faire un habit. A l'é-
gard des filles , il n'en eft pas entierement de même : car la Maitreffe chez qui on en met une , eft
obligé de l'habiller & de rendre à
l'Hôpital toutes les hardes qu'elle
avoit fur elle , lorfqu'elle y eft
entrée.

Ils ont pour nourriture à dîner de la soupe & de la viande , & à souper ils ont encore de la viande, le tout en une quantité très suffisante , ils couchent seuls dans de petits lits.

Pour obtenir une place dans cet Hôpital , il faut s'adresser à quelqu'un des Commissaires de l'administration de la Maison : on doit avoir l'extrait baptistaire de l'enfant , & l'extrait mortuaire de ses pere & mere. La Maison ne reçoit point de garçon âgé de plus de dix ans , ni de filles passé huit ans. Tous ces enfans restent dans l'Hôpital jusqu'au tems où ils sont en état d'entrer en métier , & on les met dans ceux pour lesquels ils paroissent avoir le plus de disposition : on a égard pour cela à l'âge , à la force du corps , au tempéramment : on cherche à leur trouver un Maître , & souvent les Maîtres eux-mêmes viennent demander un sujet. Il y en a qui

reftent dans l'Hôpital pour le fervice de la Maifon, quand il y a
des places vacantes. On a le même foin pour les filles, & lorfqu'elles font en âge d'apprendre
un métier, on cherche pour elles
une place chez quelque Mai-
trefle.

Il y a dans cet Hôpital treize
Sœurs, y compris la Supérieure,
pour le gouvernement de la Maifon; & fix Eccléfiaftiques, dont
l'un eft Supérieur, fous le nom
de Miniftre, pour l'inftruction
& l'adminiftration des Sacremens,
dire les Mefes & faire l'Office les
Dimanches & Fêtes.

L'HOPITAL

DES ENFANS ROUGES.

Rue du Chaume, quartier du Marais.

CET Hôpital fut fondé l'an
1534, par le Roi François I : ce
Prince donna une somme pour l'acquisition d'une maison destinée à
loger ces enfans. Il déclara même
dans les Lettres-Patentes qu'il publia pour cet établissement, qu'il
est Fondateur de cette Maison,
& qu'il veut qu'on y reçoive tous
les pauvres petits enfans qui seront trouvés à l'Hôtel-Dieu, orphelins de père & de mere natifs
de Paris. Il voulut qu'ils fussent
vêtus de rouge, pour marquer que
c'étoit la charité qui les faisoit
subsister. Mais par la suite des
tems, les fonds n'ayant pas suffi

pour recevoir tous les enfans qui par leur état, & en vertu de la fondation, pouvoient avoir droit d'être reçus dans cet Hôpital, on en a réduit le nombre à foixante.

Cette Maifon eft fous l'adminiftration de l'Hôpital Général, les places dépendent des Adminiftrateurs particuliers qui la gouvernent. Le fujet pour lequel on demande une place, doit être natif de Paris, orphelin de pere ou de mere, né en légitime mariage, & fils de Maître artifan de Paris. On les reçoit dès l'âge de fix à fept ans, & on les garde jufqu'à ce qu'ils aient fait leur premiere communion, c'eft à-dire, jufqu'à l'âge de quinze ou feize ans. On leur apprend leur Religion, à lire, à écrire & l'arithmétique. En outre le plain chant à ceux qui ont de la difpofition, & dont on fe fert pour chanter l'Office les Dimanches & Fêtes, en quoi ils réuffiffent parfaitement : ce qui

peut leur être utile par la fuite, &
leur procurer des places de Chantre dans les Paroifles, lorfqu'ils
ont affez de voix. On les occupe
encore à travailler au tricot. Les
parens qui mettent un enfant dans
cet Hôpital, doivent donner pour
fon entrée la fomme de quarante-
une livres, & lorfqu'ils en fortent, on leur rend la valeur de
cette fomme en habits ou hardes.
A l'égard de la nourriture, ils font
leurs quatre repas; ils ont tous les
jours à dîner de la foupe & un
morceau de viande, & à fouper
du bouilli & des reftes de roti fri-
caffés. Ils couchent chacun à part
dans un petit lit. Après que leur
tems eft fini, & qu'ils ont fait
leur premiere communion, les
Adminiftrateurs s'emploient pour
leur trouver une place d'apprentif chez quelque Artifan; les parens de leur côté prennent le même foin; en un mot la Maifon
garde le fujet jufqu'à ce qu'on lui

ait trouvé une place convenable après fon tems fini. Le Chapitre de Notre-Dame donne tous les ans cent cinquante livres , pour aider à mettre en métier un des enfans de cet Hôpital.

Il y a neuf Sœurs Officieres pour le gouvernement temporel de la Maifon ; en outre un Supérieur Eccléfiaftique, & trois autres Prêtres, dont deux font chargés des claffes , le troifieme eft Sacriftain, le quatrieme eft un Sous-maître laïc.

L'HOPITAL

DES PETITES MAISONS.

Rue de Seve.

CET Hôpital dans fon origine fut d'abord une Maladrerie établie par les foins de la Ville de Paris en 1497, fous le Roi Charles VIII, pour la guérifon d'un mal que les troupes de ce Prince avoient, dit on, apporté du Royaume de Naples. Ce premier établiffement n'ayant pas eu de fuccès, la Ville deftina en 1557, cet emplacement à un Hôpital pour les pauvres infirmes, pour les enfans malades de la teigne, pour les femmes fujettes au mal caduc, pour les fols & les infenfés.

Jean Lhuillier, Préfident de la Chambre des Comptes, fut celui qui contribua le plus à cet établif-

sement par les grandes sommes
qu'il donna pour les bâtimens,
pour les meubles, & pour l'entretien de ceux qu'on y recevoit. On
le nomma l'Hôpital des Petites
Maisons, parceque les Cours qui
le composent étoient entourées
de petites maisons fort basses. Une
partie sert encore de logement à
de pauvres veuves, ou à des vieillards pareillement veufs, ou à des
fous & à des insensés.

Cette Maison exerce une belle
charité envers une grande quantité de vieilles gens, hommes &
femmes, qui sont dans la pauvreté depuis longtems.

1°. Elle leur donne le logement
consistant en une petite chambre
avec cheminée. Ils y apportent
leurs petits meubles, lit, ar-
moire, chaises, & en un mot
ce qu'ils ont chez eux, mais il
leur est défendu expressément d'en
vendre aucun, à moins d'en avoir

la permiſſion des Supérieurs. Que
ſi la chambre eſt grande, on y loge
deux de ces pauvres gens, ſoit
deux hommes, ſoit deux femmes ;
mais on n'y reçoit point de ménage, c'eſt à-dire, un mari & une
femme : on n'y reçoit que des
veufs ou des veuves, ou des garçons : en un mot des gens d'un
état libre.

Ceux qui ont quelque petit
moyen, & qui déſirent une chambre plus agréable que celles qu'on
leur donne ordinairement, c'eſt-
à-dire, plus grande & miéux ſituée, & où ils veulent être ſeuls,
ſont obligés de payer cent livres à
la Maiſon, & même quelquefois
cent cinquante livres une fois
payés, ſelon la qualité de la chambre.

2°. La Maiſon leur donne à chacun tous les Jeudis de chaque ſemaine, une aumône de quarante
ſous, quelquefois de quarante-

deux, & même de quarante-qua-
tre.

3°. Douze buches, tant grosses
que petites, deux fois par an, la
premiere à la Sainte Catherine,
& la seconde à la Chandeleur.

4°. Tous les premiers Jeudis
du mois, près d'une livre de sel.

5°. Quand ils sont malades sé-
rieusement, il y a des Infirmeries
servies par des Sœurs de la Charité, & où ils sont admis : on les
y sert, on les y nourrit gratuitement, & on leur donne en con-
valescence un demi-septier de vin
par jour ; il y a une Infirmerie pour
les hommes, & une autre pour
les femmes.

Le nombre des vieilles gens qui
sont dans cet Hôpital, est ordinairement de trois cents, tant hommes que femmes ; mais le nombre
des femmes est de beaucoup plus
grand.

Les conditions pour obtenir une

de ces places, font, 1°. que l'homme ou la femme ait été quelque tems à l'aumône de la Paroisse : 2°. qu'ils aient soixante ans passés.

Ces places dépendent de M. le Procureur Général, qui est Chef de l'administration de cet Hôpital. M. son Substitut est chargé du détail. Ce sont les Commissaires des pauvres de chaque Paroisse de Paris, qui sont les maîtres d'inscrire sur le rôle qu'ils présentent à l'assemblée, les pauvres qu'ils jugent à propos, & M. le Procureur Général choisit dans ce nombre, & dans la Paroisse qu'il lui plaît, les sujets qu'il veut nommer au places vacantes.

Cet Hôpital est encore destiné à renfermer les insensés. Il y a pour cet effet plusieurs cours : savoir, trois pour les femmes, & deux pour les hommes : c'est dans ces cours que sont les loges où on les

les renferme , ils font au nombre tantôt de cinquante à foixante , & quelquefois jufqu'à quatre-vingt.

Ils y font foignés & nourris moyennant une penfion de trois cents livres que les parens font obligés de payer.

On a établi avec raifon plufieurs formalités avant qu'on puiffe renfermer un fujet aux Petites Maifons. 1°. Les parens en nombre compétent doivent préfenter une Requête à M. le Procureur Général , laquelle expofe l'état de démence où eft le fujet en queftion : cette Requête doit être fuivie d'un certificat d'un Médecin de la Faculté , & d'un Chirurgien qui atteftent les faits mentionnés dans la Requête. En conféquence de l'expofé , M. le Procureur Général ordonne que le fujet fera vifité par le Chirurgien de l'Hôpital & d'un Adminiftrateur : fi leur rapport eft

E

conforme à celui des autres , les parens obtiennent que le sujet soit renfermé. Outre la pension , ces derniers sont obligés de donner, pour l'entrée du sujet , quelque gratification au Concierge, & aux garçons qui ont soin des fous : ce qui va autour de quarante à cinquante livres. Il y a dans ces mêmes cours des Infirmeries pour les insensés ; c'est-à-dire , deux pieces où il y a deux ou trois lits , & ils y sont soignés par les Sœurs de la Charité ; l'une est pour les hommes , l'autre pour les femmes.

Au reste , ces insensés sont renfermés pour toute leur vie , à moins qu'ils ne reviennent en leur bon sens , comme il arrive quelquefois , & les Sœurs de la Charité ont soin d'observer à cet égard, tout ce qui pourroit indiquer un pareil changement.

Il y a vingt-trois Sœurs de la Charité entretenues par la Maison pour le service des insensés & de chaque Infirmerie. En outre cinq Prêtres, dont le Chef a le titre de Curé, & est à la nomination de M. le Procureur Général, lesquels sont chargés de tout ce qui regarde le Service Divin dans l'Eglise de cet Hôpital, l'instruction de ces pauvres gens, l'administration des Sacremens, & les services mortuaires.

De plus il y a dans ce même Hôpital, un lieu, dit la Teignerie, où l'on guérit de la teigne tous sujets quelconques attaqués de cette maladie ; ils paient vingt-quatre à trente livres pour les frais du traitement. C'est même la guérison de cette maladie, qui dans l'origine, fut l'objet de l'établissement de cet Hôpital. Enfin on y traite encore les gens attaqués de la maladie vénérienne ; ils ont chacun une chambre, ils sont nourris & traités, mais chaque sujet doit payer une somme plus ou moins forte, selon que le mal est plus ou moins considérable, & selon la durée du traitement : les uns paient trois cents livres, d'autres quatre cents, d'autres cinq cents.

Il y a un Chirurgien qui gagne maitrise, & qui traite les teigneux qui lui sont envoyés par le grand Bureau des pauvres.

L'HOPITAL
DES INCURABLES.

Rue de Seve.

L'INTENTION des Perfonnes charitables qui donnerent des fonds pour commencer l'Etabliffement de cette Maifon, fut qu'elle fervît d'Hôpital pour les Pauvres dont les maladies feroient incurables.

Le Cardinal de la Rochefoucaud, qui entroit avec zele dans tous les Etabliffemens qui ont la Charité pour principe, donna dabord une fomme de dix-huit mille livres tournois; plus, celle de fept mille fix cents livres, & enfin il donna encore en 1636, une fomme de trente-huit mille livres pour le bâtiment de l'Eglife : enforte qu'il eft regardé comme le princi-

pal Fondateur de cet Hôpital. Et
en effet on voit sur la porte de cette
Eglise les Armes de l'illustre Maison de ce Cardinal, qui perpétuent la mémoire de sa charité.

Un autre insigne Bienfaiteur
fut Jean-Baptiste Lambert qui légua par son Testament à cet Hôpital la somme de cent cinquante
mille livres pour la fondation de
vingt six lits en faveur d'autant de
personnes malades affligées d'une
maladie incurable. Il décéda en
1644, après avoir institué son
héritier, Nicolas Lambert, son
frere, Maître des Comptes.

En 1642, la Dame le Bret,
Femme de M. le Bret, Conseiller
au Châtelet, donna à ce même
Hôpital six cents vingt-deux livres
de rente, & en outre plusieurs
Maisons & Jardins qu'elle avoit
à Chaillot, à la charge que les
Administrateurs recevroient deux
Pauvres incurables, & après son
décès encore deux autres ; que les-

dits Pauvres s'appelleroient les Pauvres de Ste Marguerite, lequel nombre de places feroit continué à perpétuité fous le même nom, & ce en faveur des Filles ou Femmes de la Ville & Fauxbourgs de Paris, & de la Paroiſſe Saint Euſtache, privativement & à l'excluſion des autres : le tout par Acte du 20 Juillet 1644. Elle ajouta une cinquieme place pour celles de Chaillot, dont elle laiſſa la nomination au Curé de cette Paroiſſe, par Acte du 12 Août 1648.

L'exemple de cette pieuſe Dame fut ſuivi par un grand nombre de perſonnes charitables, la plûpart gens de condition & Magiſtrats ; & dont les Familles aujourd'hui ſubſiſtantes, ou leurs héritiers, ont droit de nomination aux lits que leurs ancêtres ont fondés. Ajoutons encore que les grandes Paroiſſes de Paris ont droit de nommer à un certain nombre de lits.

E iv

Il y a actuellement dans cet Hôpital trois cens lits tous fondés. Ces lits font diftribués en huit Salles ; favoir, quatre pour ceux des Femmes , & quatre pour ceux des Hommes. Le nombre des Femmes eft d'environs deux cents , & celui des Hommes eft de cent. En l'état où les chofes ont été réglées depuis affez long-tems , & vû l'augmentation des vivres , toute perfonne qui veut fonder un lit aux Incurables , doit fournir la fomme de dix mille cinq cents livres.

Les Malades font très bien traités dans cet Hôpital , & foignés avec beaucoup de propreté par des Sœurs de la Charité au nombre de foixante , avec une Supérieure à leur tête. Elles font chargées de tout ce qui concerne le fervice des Malades , tant pour la nourriture que pour leur entretien en linge & en vêtemens.

Ils ont pour nourriture : 1°. de

fort beau pain & autant qu'ils en demandent. 2°. On leur donne à chacun une chopine de vin pour leur journée : ils ont à dîner la foupe & le bouilli ; & à fouper une portion fuffifante de rôti ou de ragoût. Les jours maigres on leur donne du poiffon ou des légumes alternativement , foit à dîner , foit à fouper. Tous les mois on les change de draps , on renouvelle leurs deux tayes d'oreiller , & la camifole pour coucher , & toutes les femaines on leur fournit deux ferviettes, deux mouchoirs & un petit linge à effuyer. La Maifon leur fournit auffi généralement tout l'habillement tant aux Hommes qu'aux Femmes : enforte qu'un Malade n'a aucun befoin à fe procurer : mais il faut en entrant qu'il donne une fomme de foixante-neuf livres , dont une partie eft pour le Bureau , & l'autre pour le Chirurgien & les Garçons de fervice.

E v

Un Malade qui entre aux Incurables a droit d'y demeurer le reste
de ses jours, quand même il arri-
veroit du changement dans son
état. Ceux dont l'infirmité leur
permet d'aller & de venir, ont la
liberté de sortir & d'aller dans Paris une ou deux fois la semaine.

Il y a pour le service des Malades, un Médecin & un Chirurgien : ce dernier demeure dans la
Maison. En outre, quatre Prêtres
pour confesser & administrer les
Malades, & leur faire des instructions une fois la semaine : de plus,
il y a deux Docteurs en Théologie
qui, en vertu d'une fondation,
viennent tous les Vendredis pour
confesser, & font des instructions
pendant l'Avent & le Carême : ils
ont chacun le droit de nommer à
deux lits : enfin, il y a une Salle
dite de St. Louis, pour les plus
infirmes & les plus impotens,
dont on a un soin plus particulier.

Nous avons dit ci-deſſus que
tous les lits des Incurables ſont
fondés : nous ajouterons que le
droit d'y nommer, c'eſt-à-dire,
de pouvoir y faire mettre un Malade d'une maladie incurable,
appartient aux Fondateurs deſdits
lits, ou à leurs héritiers.

Il ſemble que ce ſeroit ici le
lieu pour la ſatisfactions des Lecteurs, & en même tems pour
leur donner une émulation ou un
deſir d'imiter une bonne œuvre
ſemblable, de donner les noms
de ces Fondateurs, mais comme
une grande partie ſont morts &
que leur droit a paſſé à des héritiers qui ſouvent ont des noms différens, ou qui ſont d'une autre
Famille, on ne pourroit que donner un état informe & ſujet à erreur, indépendamment d'autres
raiſons que nous pourrions allé-
guer. Nous nous contenterons de
mettre ici les noms des Parroiſſes
de Paris qui ont le droit de nom-

mer à un certain nombre de lits :
ainsi que ceux des personnes à la
place ou dignité desquelles le
droit de nommer est attaché.

S. Hypolite,	1
S. Martin , Cloître S. Marcel ,	1
S. Benoît ,	1
S. Roch ,	1
S. Cosme ,	1
S. Joseph ,	1
S. Jacques du Haut-Pas	1
S. Sauveur ,	2
S. Laurent ,	2
S. Leu ,	2
S. Médard ,	2
S. André des Arts ,	2
S. Nicolas des Champs ,	2
S. Jean en Grêve ,	3
S. Gervais ,	3
S. Nicolas du Chardonnet,	3
Ste. Marguerite ,	4
S. Merry ,	4
S. Etienne du Mont,	4
Notre Dame de Bonnes Nouvelles,	5

S. Sulpice,   8
S. Germain ,   1 3
S. Euſtache ,   1 4

Autres lieux & places auxquels le droit de nomination à un certain nombre de lits eſt attaché.

M. l'Archevêque de Paris ,   4
L'Abbé de S. Germain des Prés ,

                                                1

Le Chapitre de S. Honoré ,   1
L'Hôpital Général ,   5
L'Abbaye de Port Royal ,   1
Le Général de l'Oratoire ,   3
Le premier Chapelain des Incurables ,   1
Les Docteurs qui prêchent dans cet Hôpital ,   1
Le College de Montaigu ,   1
Saint Lazare ,   1

De plus il y a quarante lits à la nomination des Adminiſtrateurs, c'eſt-à-dire, qu'ils ſont nommés par Meſſieurs les grands & petits Adminiſtrateurs, tant des Incurables que de l'Hôtel Dieu , qui nomment à tour de rôle.

Ces lits-là font plus fouvent vacans , & plus faciles à obtenir.

Les noms des grands Adminiftrateurs , font ,

M. l'Archevêque de Paris.

M. le Premier Préfident.

M. le Premier Préfident de la Chambre des Comptes.

M. le Premier Préfident de la Cour des Aydes.

M. le Procureur Général.

M. le Lieutenant Général de Police.

M. le Prevôt des Marchends.

On trouve les noms & demeures de Meffieurs les petits Adminiftrateurs dans l'Almanach Royal , & pour le plus sûr , dans celui de l'année.

LA CHARITÉ.

*Rue des Saints Peres, Fauxbourg
Saint Germain.*

CETTE Maison est servie par
des Religieux appellés Freres de
la Charité. Leur Ordre a été fondé par un Portugais du Diocèse
d'Evora, nommé Jean, & dont
la dévotion étoit de servir les malades. Ce ne fut d'abord qu'une
Congrégation approuvée par les
Papes ; mais dans la suite elle fut
érigée en Ordre Religieux par le
Pape Paul V, en 1617 : ceux qui
y sont reçus, s'obligent aux trois
vœux ordinaires, & à un quatrieme, qui est de servir les malades.

Il ne peut y avoir qu'un seul
Religieux Prêtre dans chaque
Maison, & celui-ci ne peut exer-
cer aucune Charge ni Office dans

l'Ordre ; mais chaque Maison peut recevoir autant de Prêtres féculiers que fon befoin l'exige.

Cet Ordre s'étant répandu dans plufieurs Royaumes, & ayant paru très utile, la Reine Marie de Médicis, femme du Roi Henri IV, fit venir cinq de ces Relligieux de Florence à Paris, & par la fuite ils s'établirent dans la Maifon où ils font aujourd'hui. Elle eft le Chef lieu de toutes les autres de cet Ordre qui font fituées en France, le feul noviciat, le principal College pour élever les jeunes Religieux dans la Chirurgie, la Pharmacie & la Chymie. Les cours de ces fciences s'y font avec la plus grande exactitude, & les plus grands Maîtres y donnent leurs leçons.

La Communauté eft d'environ cinquante Freres, y compris les Novices. Ils vivent des revenus qu'ils ont, des aumônes qu'on leur fait, & des augmentations pro-

venues de l'économie des Religieux : le tout forme une même
manfe avec les pauvres, & ils n'ont
rien à eux.

Il y a actuellement dans cette
Maifon deux cents cinq lits diftribués en fix falles , & dans ce
nombre, il y en a environ foixante de fondés. On n'y reçoit que des
hommes, & de tout âge , attaqués
de maladies curables , mais il faut
qu'elles ne foient ni contagieufes,
ni vénériennes. Chaque malade y
a fon lit particulier , & il y eft
fervi gratuitement avec une attention & une propreté admirables.

Il y a une quatrieme falle pour
les malades attaqués de la pierre,
& qui veulent fe faire tailler, &
il ne leur en coute rien : car tous
les fecours y font gratuits. Ils le
font non feulement pour ceux qui
font actuellement traités dans la
Maifon , mais encore pour tous
les pauvres qui viennent s'y faire
panfer ; le nombre de ces fortes

de gens, va quelquefois a plus de
cent par jour.

Cet Hôpital a deux Médecins,
quatre Freres Apothicaires, deux
Chirurgiens Jurés, deux Freres
& cinq Eleves : en outre dix garçons Chirurgiens, parmi lefquels
il y en a un qui gagne la maitrife,
en y fervant cinq ans gratuitement.

Ceux qui ont fondé des lits,
ou leurs defcendans, ont le droit
de nommer par préférence les fujets qu'ils veulent, pour les occuper. Après la nomination des
Fondateurs, tous les citoyens
quels qu'ils foient, même du bas
peuple, font reçus, de quelque
pays & de quelque Religion qu'ils
foient.

Il y a environ quarante lits qui
ne font point fondés, & qui fe
foutiennent par les aumônes faites
à la maifon. Ceux qui en font d'u-
ne fomme un peu honnête, ont
droit d'y mettre les fujets auxquels

ils s'intéreffent ; mais tout y eft gratuit, c'eft-à-dire, qu'on donne ce qu'on veut, & qu'on n'oblige perfonne de payer pour aucun malade. Sur quoi il faut remarquer, que quoique cette Maifon ait perdu vingt-cinq mille livres de rente, lors de la réduction des rentes, & quoique la fucceffion des tems n'ait laiffé aucune fondation de lit entiere, on n'y a retranché aucun lit; la maffe des revenus, les aumônes & la bonne adminiftration les ont tous foutenus.

· Quand on veut faire mettre un malade à la Charité, il faut s'adreffer au Maître Infirmier ; il n'y a aucune formalité pour y être admis ; la feule condition eft le befoin. Les malades ne font point obligés d'y apporter quoi que ce foit, ils n'y ufent pas même leur linge. La Maifon les fournit abfolument de tout, ils ne paient aucun droit en entrant ; c'eft une erreur de croire qu'en payant une certaine somme par jour , ou par mois , on ait droit d'y être reçu.

Les personnes qui veulent faire des aumônes considérables , s'a-dreßent au Prieur ou au Procu-reur. A l'égard des aumônes moin-dres , il y a des troncs dans les salles ; il y a des personnes qui y apportent quelquefois des aumô-nes pour les Maisons de Pro-vince.

Des personnes charitables y ont fondé des lits pour les pauvres cultivateurs qui en ont grand be-soin , puisqu'il n'y a aucun se-cours dans les villages , & que les pauvres trouvent tous ceux dont ils ont besoin dans les Hô-pitaux de cet Ordre. Il y en a trente deux dans le Royaume , & cinq dans les Colonies : plusieurs , outre les pauvres , sont encore chargés des troupes du Roi. Dans les campagnes où les Freres de la Charité sont établis , & où il n'y a point de Chirurgien , ni de

Médecin , ils vont foulager toute
efpece de malade à deux lieues à
la ronde , & ils leur donnent gratuitement les drogues.

Un fi bel établiffement mérite
d'être connu : on vient d'en faire
fentir les avantages , afin que les
perfonnes charitables & riches
foient par là invitées à tenter quelque bonne œuvre en faveur de
cette Maifon , pour la rendre encore plus utile à un plus grand
nombre de pauvres citoyens.

L'HOPITAL

DES CONVALESCENS.

Rue du Baq , Fauxbourg Saint Germain.

CET Hôpital fut fondé en 1642, par Madame de Bullion , femme du Sur-Intendant des Finances. Il fut établi en faveur d'un certain nombre de convalescens qui sortent de la Charité , & qui y vont achever de s'y rétablir. Madame de Bullion n'avoit fondé que huit lits ; mais depuis , des personnes charitables en ont fondé quatre autres. Cet Hôpital est administré comme les autres qui sont gouvernés par les Freres de la Charité , sous un même Supérieur Général , & sous la protection du Roi , & des premiers Magistrats. Il y a actuellement seize lits, les

pauvres convalefcens qui fortent
du grand Hôpital , y vont paffer
huit jours , pendant lefquels ils
cherchent à fe pourvoir d'une
place.

La deftination de cette Maifon
fait connoître fon utilité. Outre
que les convalefcens s'y rétablif-
fent bien plus promptement , n'é-
tant plus dans l'air des autres malades , ils ont encore le tems de
fe pourvoir d'un azile.

La fondation défend d'y recevoir , 1°. des Prêtres , parcequ'ils
ont leurs meffes pour vivre : 2°.
des Soldats , parcequ'ils ont leur
paye : 3°. des Domeftiques en
condition , parcequ'ils ont leur
maître. Elle a pour but de préférer
ceux qui ont été les plus malades ,
& qui ont le moins de reffource.
Le bien qu'on peut faire à cette
Maifon , feroit d'en augmenter
le nombre des lits.

LES FILLES

DE LA CHARITÉ.

Rue du Fauxbourg S. Denis.

Les Filles de la Charité furent inftituées en 1633, par le Bienheureux Vincent de Paule , conjointement avec Madame Louife de Marillac , veuve de M. le Gras, Secrétaire des Commandemens de la Reine Marie de Médicis. L'objet de l'Inftitut , eft de fervir les pauvres malades , foit dans les Hôpitaux , foit dans les Paroiffes, foit dans les prifons , & d'inftruire de jeunes filles , celles furtout qui font orphelines. Ce fut à cette Dame que le Bienheureux Vincent confia le foin de former cette Communauté naiffante , qui ayant d'abord été raffemblée dans

la

la Paroiſſe de Saint Nicolas du Chardonet, fut transferée au petit village, dit la Chapelle, & enſuite dans un plus grand emplacement, qui eſt celui où elle eſt aujourd'hui, près de la Maiſon de Saint Lazare.

Le Bienheureux Vincent donna à ces filles une Regle & des Conſtitutions très ſimples, qui furent approuvées par l'Archevêque de Paris, Jean-François de Gondi, & auſſi par Jean-François-Paul de Gondi, ſon Coadjuteur, dit le Cardinal de Retz, & confirmées quelques années après par le Cardinal Louis de Vendôme, Légat à *Latere* du Siége Apoſtolique, & par le Pape Clement IX. En outre le Roi Louis XIV leur accorda des Lettres-Patentes dans la forme la plus gracieuſe, qui furent vérifiées & enregiſtrées au Parlement au mois de Décembre 1668. Ces Lettres portent en termes formels, que Sa Majeſté ayant

F

reconnu que la Communauté des Filles de la Charité étant toute pour la gloire de Dieu, que ses commencemens ayant été remplis de bénédictions, & ses progrès abondans en charité, elle les met sous sa sauve garde & protection spéciale, avec tous les biens & fonds qui leur sont ou seront ci-après aumônés, leur confirme le bien que le Roi, son pere, lui a donné sur son domaine, & enfin leur permet de s'établir dans tous les lieux de son Royaume, où elles seront appellées pour le service des pauvres ou des Hôpitaux.

La Communauté des Filles de la Charité, a aujourd'hui près de quatre cents établissemens dans le Royaume, dont cent vingt-six sont Hôpitaux, la plupart militaires. Elle en compte trente-cinq dans la seule ville de Paris, dont les principaux, sont, l'Hôtel des Invalides ; l'Ecole Royale Militaire, les Hôpitaux des Incurables, des Petites Maisons, ceux des Enfans Trouvés, un grand nombre de Paroisses ; & dans le Diocèse de Paris plus de quatre-vingts, y compris les Fondations Royales.

Ces Filles sont, par le titre de leur érection, sous la direction immédiate & perpétuelle du Supérieur Général de la Congrégation de la Mission, qui gouverne ce corps nombreux, de concert avec un Conseil, lequel est composé de la Supérieure Générale, de trois Assistantes, & d'un Directeur particulier.

Le genre de vie que menent ces Filles, n'a rien de flateur pour la nature, il est au contraire très pénible & très laborieux, & cependant elles ne laissent pas d'avoir habituellement soixante ou quatre-vingts Postulantes, toujours prêtes à partir pour remplacer celles qui manquent dans les

F ij

divers établiſſemens qu'elles ont
dans toute l'étendue de la France,
en Pologne même où elles ont un
certain nombre de Maiſons, &
dans leſquelles elles ont ſoin d'en-
tre-mêler quelques Françoiſes,
afin que l'eſprit de l'état, & l'a-
mour des pauvres, ſoient par tout
les mêmes & parfaitement unifor-
mes. C'eſt pour la même fin, &
dans la vue de donner à tous leurs
ſujets, les mêmes principes d'é-
ducation, que toutes les Poſtulan-
tes de quelque province reculée
qu'elles ſoient, ſont obligées de ſe
rendre à la grande Maiſon de Paris, afin qu'étant témoins de la
maniere dont les anciennes s'acquittent des fonctions de leur état,
& pratiquant toutes les mêmes
exercices de piété pendant un certain tems, elles puiſſent être in-
corporées ſelon le beſoin dans diverſes familles, ſans qu'il paroiſſe
qu'il y ait diverſité de caractere.

Cette Communauté eſt extrê-

mement attentive fur le choix des
fujets ; elle n'en admet qu'après
une vocation marquée , qui fe
dénote lorfque les filles font prêtes à embraffer toute forte de travaux, fans la moindre répugnance ;
elle exige une conduite irrepro-
chable , une grande fageffe qui fe
manifefte jufque dans le maintien ;
enfin elle demande qu'elles foient
d'un tempéramment fain & ro-
bufte. Elle n'en reçoit aucune dans
fon Noviciat de Paris , qui n'ait
poftulé deux ou trois mois dans
une des Maifons de fa Province.
Par le moyen de cette précaution ,
le fujet lui - même a le tems de
s'effayer & de reconnoître fi l'état
lui convient, & la Communauté
celui de l'examiner de plus près
dans fes difpofitions d'efprit & de
corps , afin de ne pas s'expofer par
trop de précipitation à faire un
voyage inutile & fouvent difpen-
dieux.

Le Noviciat ou tems de probation , eft de cinq ans , après lefquels on fait des vœux fimples, feulement pour une année , avec la bonne volonté de les renouveller tous les ans. Ces vœux font les mêmes que ceux qui fe font dans les Communautés ordinaires , à quelques reftrictions près pour celui de pauvreté. Elles y en ajoutent un quatrieme , qui eft de confacrer au fervice des pauvres tout ce qu'elles ont de fanté & de talens utiles.

· La Communauté n'exige point de dot , mais feulement un honnête trouffeau felon les facultés & la condition de chacune des Poftulantes , avec l'argent néceffaire pour le retour fi le cas y échoit, & payer les premiers habits de Communauté. Les familles aifées donnent ordinairement quelque chofe de plus, ce qui fert à compenfer le peu que d'autres apportent pour leur réception. Le défintéreffement de cette Congrégation eft

tel, que fi un fujet juge à propos
de s'en retirer à quelqu'âge qu'il
foit, ou qu'on foit obligé de le
congédier pour quelque cas griefs,
à la vérité bien rares, par la grace
de Dieu, elle a la générofité de
lui rendre tout ce qu'il a apporté
à fon entrée, foit argent, foit hardes, fans exiger de penfion pour
le noviciat, ni aucun dédomma-
gement pour les plus difpendieu-
fes maladies; fi bien qu'il fe
trouve au même point de facultés
le jour de fa fortie, qu'il étoit au
moment de fon entrée.

_ Un établiffement auffi utile,
a excité depuis longtems l'admiration des citoyens; mais on peut
dire auffi que la vertu de cés Filles
leur a attiré le refpect du public.
On a remarqué que leur fageffe ne
fe démentoit jamais, quoiqu'elles fe trouvaffent tous les jours ex-
pofées par la nature de leurs fervices, à des dangers de bien des
fortes. Que leur extérieur annon-

çoit toujours la modeſtie , que leur dévouement au ſervice continuel des malades , étoit un genre de vie très pénible , une œuvre des plus méritoires , & que tous les lieux où elles conſacroient leurs travaux & leur vie , leur étoient infiniment redevables.

Les perſonnes qui s'occupent à imaginer quelque bonne œuvre , trouveront ici , ſans doute , de quoi exercer leur zele , en conſidérant l'utilité de cet Inſtitut , & le mérite des ſujets qui en rempliſſent les obligations. Ce n'eſt pas à nous à leur ſuggérer les divers moyens d'augmenter le bien qu'un établiſſement procure. Quoi qu'il en ſoit, ce feroit y contribuer, que d'aider de leurs facultés de bons ſujets & de bonne volonté , mais dénués de tout , & qui auroient vocation pour ſe dévouer à cet état.

L'HOPITAL
DES QUINZE-VINGTS.

Rue Saint Honoré.

L'Hôpital Royal des Quinze-Vingts, fut fondé par le Roi Saint Louis, & bâti l'an 1254, en faveur de trois cents Aveugles. Ces places font toutes à la nomination de M. le Grand Aumonier de France : elles font remplies par des Sujets de l'un & de l'autre fexe, partie aveugles, partie voyans, & à qui on donne la qualité de Freres & de Sœurs. Ils doivent être Régnicoles. Ceux ou celles qui veulent fe marier, ne le peuvent faire fans la permiffion du Chapitre. Ce Chapitre eft compofé des Gouverneurs & Adminiftrateurs de la Maifon.

Celui ou celle qui époufe un Frere ou une Sœur aveugle, eft

F F

reçu Frere ou Sœur de la Maison, à son rang, & jouit des mêmes droits & profits : mais on ne permet point de Mariage entre deux personnes aveugles, ou deux personnes voyantes. Celui des deux Conjoints qui n'est point privé de la vue & qui fait quelque Métier, trouve l'avantage de l'exercer dans l'intérieur de la Maison sans avoir besoin d'être Maître.

On donne des logemens plus ou moins grands à chaque Frere ou Sœur, suivant le nombre d'Enfans qu'ils ont, & on leur donne ce qui est nécessaire pour leur nourriture & entretien. Chacun des Freres est tenu, par les Statuts, de porter une Robe d'étoffe de laine de couleur brune faite à l'ancienne mode, avec une petite fleur de lys de cuivre attachée par-devant.

Les Aveugles des Quinze-Vingts ont le droit de quêter dans toutes les Eglises de Paris : c'est un de leurs Priviléges ; il leur a été accordé par nos Rois. Chaque Aveugle profite entierement de sa quête, & n'eſt aucunement tenu d'en rendre compte à la Maiſon. Le Chapitre aſſigne à chaque Aveugle, l'Egliſe où il pourra quêter : c'eſt à l'ancienneté qu'on donne le choix deſdites Egliſes.

Il y a pour le Spirituel de la Maiſon, un Chefcier aſſiſté d'un nombre ſuffiſant d'Eccléſiaſtiques, pour adminiſtrer les Sacremens à tous ceux qui habitent dans l'Enclos de cet Hôpital, acquitter les Fondations & deſſervir l'Egliſe qui eſt Paroiſſiale pour tout l'Enclos : elle eſt ſous l'invocation de Saint Remy. Tous les Aveugles, Hommes & Femmes, ſont tenus d'aſſiſter aux Offices de l'Egliſe, & de prier Dieu tous les jours pour le Roi, pour toute la Famille Royale, & pour les Bienfaiteurs de la Maiſon. L'intérieur de cet Hôpital n'eſt point ſoumis à la Juriſdiction Epiſcopale.

Il y a pour le Temporel : 1°. M.
le Grand Aumonier ; c'eſt lui qui
nomme Meſſieurs les Gouverneurs
& Adminiſtrateurs, & il préſide
quand bon lui ſemble, comme
Supérieur Général, aux Aſſemblées
qui ſe tiennent dans la Maiſon.
2°. Les Adminiſtrateurs : ce ſont
eux qui choiſiſſent les Officiers néceſſaires pour maintenir la Police,
l'ordre & les Réglemens de la
Maiſon, ſuivre les affaires, faire
la Recette des Revenus, tenir les
Archives, & veiller à l'entretien
& aux réparations des bâtimens.

Il y a un Médecin, un Chirurgien payés par la Maiſon, pour
ſuivre, & ſoigner les Freres &
Sœurs dans leurs maladies : la Maiſon fournit les remedes néceſſaires
pour leur guériſon. On a ſoin de
diſtribuer des ſecours extraordinaires à ceux d'entre les Freres &
Sœurs qui en ont beſoin, ſoit pour
cauſe de maladie, de grand âge
ou de Famille très nombreuſe.

Les places d'Enfans de Chœur
se donnent aux Enfans des Freres
& Sœurs, & celles d'Huissier du
Chapitre, Bedeaux, Portiers,
allumeurs de lanternes, balayeurs
de Cours, &c, se donnent toutes
aux Freres & Sœurs de la Maison,
qui sont en état de les exercer, &
ils ont des gages pour ces diffé-
rents emplois, outre les avantages
dont ils jouissent en qualité de Sujets de l'Hôpital.

Cet Etablissement, comme on
voit, est honorable à la mémoire
de Saint Louis, & une preuve du
bon cœur de ce S. Roi. En effet,
quoi de plus digne de compassion
& de plus affligeant pour l'humanité, que le spectacle d'un nombre considérable d'Hommes & de
Femmes privés de la vue, quelquefois même dès leur enfance,
qui ainsi hors d'état de gagner leur
vie, deviennent à charge à leur famille, souvent pauvre elle même,
ou sont réduits à la derniere misere.

Cette confidération pourroit déterminer quelques bonnes Ames qui s'occupent de bonnes œuvres à faire une fondation, qui feroit comme une fuite de celle du Roi S. Louis. On convient qu'il eft bien difficile de pourvoir à la fub-fiftance de tous les Aveugles du Royaume : mais à fe borner à la Capitale, il feroit poffible d'en fe-courir encore un certain nombre, en préférant dabord ceux qui fe-roient nés d'honnête famille & qui fe trouvant fans biens, n'au-roient d'autre deftinée que l'afyle général des Pauvres de la derniere Claffe de la Société. Cette fonda-tion feroit comme une extenfion de l'œuvre charitable de S. Louis, & augmenteroit ainfi le nombre des Aveugles fecourus.

L'HOPITAL

DES

CENT FILLES ORPHELINES,

DIT DE

NOTRE DAME DE LA MISERICORDE,

*Rue Censier, Fauxbourg
S. Marceau.*

CETTE Maison est une des plus utiles que la charité Chrétienne ait imaginée. Elle doit son établissement à la piété de feu M. Seguier, Conseiller d'Etat, & Président à Mortier au Parlement de Paris, & la forme de son gouvernement aux lumieres de M. le Chancelier Seguier, son Neveu.

L'Hôpital des Cent Filles Orphelines fut érigé par Lettres Royaux en forme de Chartres du mois de Janvier 1623, rue Cenfier, Fauxbourg S. Marcel, en un lieu qui s'appelloit alors le Petit Séjour d'Orléans. Il fut spécialement destiné à l'éducation, nourriture & entretien de cent pauvres petites Filles Orphelines de pere & de mere, natives de Paris ou des Fauxbourgs, de légitime Mariage, destituées de tous moyens ; *que le Roi, provoqué d'une bonne & sainte inspiration, voulut séparer des autres Hôpitaux, pour empêcher,* ajoutent ces Lettres, *que les choses demeurant en l'état où elles étoient, ces Enfans ne fussent exposés à la séduction & à la débauche, estimant que ce seroit une action grandement agréable à Dieu.*

L'objet de cet Etablissement si louable en lui-même & qui est unique à Paris, est d'élever ces petites Orphelines depuis l'âge de six à sept ans seulement, jusqu'à celui de vingt-cinq. On les place alors, lorsqu'elles le demandent, soit dans des Maisons d'honneur &

de bonne réputation, ſoit en apprentiſſage pour devenir Maîtreſſes, ou bien on les marie convenablement, ou enfin on les fait entrer en quelques Communautés Religieuſes ou libres; à l'effet deſquels Etabliſſemens l'Hôpital les dotte & les pourvoit de ce qui eſt néceſſaire. Outre toutes ces facilités, on en retient encore dans la Maiſon, ſoit à titre de Sœurs pour rendre à leurs Compagnes les mêmes ſervices qu'on leur a rendus à elles-mêmes, ſoit à titre d'infirmes quand leur ſanté ou leur peu de talent leur interdiſent toute eſpece d'établiſſement. Nous ajoûterons que dans tous les tems ces Orphelines peuvent reclamer les Priviléges & les avantages de la Maiſon, & l'on continue à avoir inſpection ſur leur conduite, de ſorte qu'elles en ſeroient privées, ſi elles venoient à s'y ſouſtraire, ou à ſe conduire d'une maniere qui

ne répondît pas à la bonne éducation qu'on leur a procurée.

Il y a pour l'administration &
le gouvernement de cet Hôpital,
trois Chefs honoraires ; savoir,
M. le Premier Président , M. le
Procureur Général , & le Chef
mâle du nom & de la Famille du
Fondateur, cinq Gouverneurs &
Administrateurs , dont un Ecclésiastique pour le Spirituel , & les
quatre autres pour le Temporel ;
un Receveur & un Greffier ; deux
Chapelains ; une Gouvernante ou
Directrice spirituelle des Filles ;
quatre Maîtresses choisies pour
enseigner aux Filles la Religion ,
à lire , à écrire , à travailler en habits , en linge , tapisserie , tricot,
tant en laine qu'en soie , & généralement tout ce qui est propre à
l'éducation des personnes de leur
sexe. Outre ces Sœurs , il y a encore d'autres Officieres pour remplir les différens postes de la Mai-

son, comme Infirmiere, Portiere, Cuisiniere, &c, & enfin des Servantes.

Tous ces Officiers & Officieres sont élus par les Gouverneurs & Administrateurs avec beaucoup de soin. Les Sœurs qui se consacrent à cette bonne œuvre, ne font aucun vœu & sont entierement libres. On peut même les choisir hors de la Maison : leur habillement est noir, ainsi que leurs coëffes & coëffures.

L'habit des Orphelines infirmes, qu'on retient dans la Maison après leur majorité, est brun ; leur coëffure blanche, & la coëffe noire : celles-ci n'ont point d'emploi, mais on les regarde comme des surnuméraires invalides, qu'on occupe suivant leurs forces & leurs dispositions à rendre services dans les différens postes de la Maison.

L'Habit des jeunes Orphelines qu'on.éleve, est d'une serge de laine

d'un bleu célefte : elles ont une
coëffure blanche à barbes.

L'entrée de ces Filles eft pure-
ment gratuite. On engage feulement leurs Parens, Amis ou Pro-
tecteurs, à leur fournir la premiere
vêture.

Il n'eft befoin d'aucune recommandation pour y entrer. Il fuffit
que les Orphelines qui fe préfentent foient de la qualité prefcrite
par les Statuts : aucun état, aucune
profeffion n'eft exceptée. Il faut,
1°. quelles foient nées à Paris,
2°. de légitime Mariage. 3°. Quelles foient Orphelines de Pere &
de Mere, 4°. pauvres ; c'eft-à-dire
fans biens fuffifans pour pourvoir
à leur éducation, 6°. âgée de fix à
fept ans feulement & non au-def-
fus. Quand elles ont ces qualités,
on les préfente au Bureau de l'Adminiftration qui fe tient dans cet
Hôpital tous les premiers Lundis
de chaque mois, avec les pieces

qui établissent ces qualités : & s'il
y a des places vacantes on les reçoit dans la Maison. Dans la concurrence de plusieurs sujets, les
plus âgées sont préférées aux plus
jeunes.

A l'égard des vingt-une places
fondées par plusieurs particuliers,
elles se donnent sur la nomination
des Fondateurs, ou de ceux qui les
représentent. Les Orphelines de
cette fondation doivent avoir comme les autres, les qualités requises
par les Statuts.

Les sages Réglemens dressés
pour cet Hôpital, dabord par M.
le Président Séguier, & revus ensuite par M. le Chancelier son
Neveu, ont été approuvés par des
Lettres-Patentes du mois d'Avril
1672, & regîstrées au Parlement.
Le Roy Louis XIV, voulant favo-
riser ce pieux Etablissement, lui
avoit déjà accordé des Lettres-Patentes au mois d'Avril 1657, par

lefquelles il gratifia les Filles élevées dans cette Maifon, du Privilége de porter en dot la Maîtrife
dans tous les Arts & Métiers aux
Apprentifs qu'elles épouferoient;
lefquels feroient reçus Maîtres fans
être obligés de faire aucun chef-
d'œuvre, & fans payer aucuns
droits de quelque efpece que ce
foit; en juftifiant feulement de
leur Brevet d'Apprentiffage, de
leur Célébration de Mariage, &
du Certificat des Adminiftrateurs
de cet Hôpital.

La piété de nos Rois avoit encore accordé à cette utile fondation, toute la faveur dont elle
avoit befoin pour fe foutenir, en
la rendant capable de recevoir tous
legs, gratifications & autres charités qui lui feroient faites. Ils la
mirent même, elle & fes biens fous
leur protection fpéciale, & voulurent qu'elle en jouît à *titre d'aumône
& de Fondation Royale*; *défendant
qu'elle fût impofée à aucune taxe,*

d'augmentation, attribution de droits, ni retranchemens : déclarant que leur intention n'étoit point de diminuer le bien des pauvres Orphelines de cette Maison, sachant combien il étoit important de faire subsister cet Etablissement consacré à des Enfans destitués de tous biens & de tous secours humains, où elles sont élevées dans la connoissance & la crainte de Dieu, depuis l'âge le plus tendre où elles ne peuvent gagner leur vie.

Un Etablissement si louable, bien loin de diminuer, sembloit devoir devenir plus étendu. Il avoit été fondé pour cent Orphelines sans compter les Maîtres & les autres Sœurs nécessaires à sa manutention. Il subsistoit dabord avec seize à dix sept mille livres de revenu, qui suffisoient alors pour sa nourriture & entretien : mais la diminution de moitié survenue depuis, sur ces mêmes revenus, & les réductions faites sur les rentes en 1712 jusqu'en 1720, indépendamment de l'augmentation confidérable des dépenfes en tout genre de confommation, forcerent l'adminiftration de cette Maifon de réduire à foixante-deux le nombre des Orphelines qu'il étoit poffible d'y élever. Ce n'a été qu'en l'année 1755, que M. Cornette, Tréforier Général des Galeres de France, fi connu par les pieufes fondations qu'il a faites aux Incurables, & dans beaucoup d'autres Maifons, rétablit dix-huit places d'Orphelines dans l'Hôpital des Cent Filles, & les fit ainfi remonter jufqu'à quatre-vingt. Depuis ce tems deux autres perfonnes également recommandables par leur piété, ont encore rétabli trois autres places; enforte qu'elles fe trouvent aujourd'hui au nombre de quatre-vingt-trois. Il feroit bien à defirer que les dix-fept places reftantes fe trouvaffent également remplies. C'eft un premier objet que

nous

nous préfentons à la piété des perfonnes zélées pour les bonnes
œuvres.

Un fecond objet plus intéreffant
encore pour conferver le fruit de
la bonne éducation qu'on donne
dans cette Maifon aux jeunes Orphelines qu'on y éleve, feroit de
préfenter une reffource affurée du
moins pour quelque tems, à celles
qui en fortant de la Maifon à l'âge
de vingt-cinq ans, n'ont point encore pris de parti, foit pour la
Religion, foit pour le mariage,
foit pour quelque autre état que
ce foit. Les dots ou les fecours
que cette Maifon procure aux Orphelines qui prennent ces établiffemens, ne pouvant s'appliquer
qu'à celles-ci, les autres fe trouvent fouvent dans un grand embar-
ras. On leur fournit, à la vérité en
fortant, ce qui eft néceffaire pour
leur habillement & leur coucher;
mais les fonds de l'Hôpital ne fuf-

G

fifant pas , l'on eft dans l'impoffibi-
lité de rien faire de plus pour elles,
fi ce n'eft qu'on s'emploie avec
zele pour les placer dans des maifons honnêtes. Il feroit donc encore à défirer qu'on pût procurer
à celles-ci un fecours paffager pour
les mettre en état de chercher &
de trouver , avec un certain loi-
fir , l'occafion de fe placer avan-
tageufement.

Un autre objet également digne
de la piété & de la commifération
des perfonnes bienfaifantes , feroit de pourvoir à la néceffité des
filles qui deviendroient infirmes
hors de la Maifon. On y en retient
comme on l'a dit ci-deffus quelques unes ; mais on ne peut en
garder un grand nombre , encore
moins recevoir celles , qui étant
forties de la Maifon , demande-
roient à y rentrer : cela feroit contraire à l'objet principal de cet
établiffement , & les moyens n'y
fuffiroient pas. Il eft d'ailleurs de

regle dans cette Maison , que les
sujets en étant sortis , n'y peuvent
plus rentrer sous quelque prétexte
que ce soit. Les cas d'infirmité , de
maladie , de caducité , semble-
roient exiger qu'on pût étendre jusqu'à ces occasions critiques , les
secours si multipliés que l'on fournit dans cette Maison aux Orphelines qui y ont été élevées.

On laisse à la piété & aux lumieres des personnes bien inten-
tionnées , de perfectionner cette
bonne œuvre de la maniere qui
répondra le mieux à leurs vues.

LES FILLES ORPHELINES

DE LA MERE DE DIEU.

Rue du Vieux Colombier, Faux-bourg Saint Germain.

CET établissement charitable a commencé en 1648, par les soins de M. Ollier, Curé de la Paroisse de Saint Sulpice, & Instituteur & Fondateur du célebre Séminaire du même nom, & ce, en faveur de pauvres enfans orphelins de pere & de mere, de l'un & de l'autre sexe, & qui sont de cette même Paroisse.

M. Ragnier de Poussé, son successeur, obtint au mois de Mai 1678, des Lettres-Patentes pour confirmer cet établissement. C'est M. le Curé de Saint Sulpice qui est le Supérieur de cette Maison, & le premier Administrateur; le nombre des autres Adminiſtrateurs n'eſt point fixé.

Les enfans ſont élevés & inſ-truits par les ſoins de cinq ou ſix Sœurs plus ou moins ; ce ſont des filles vertueuſes , & qui ſe de-vouent à cette bonne œuvre , mais qui ne ſont point aſtreintes à faire des vœux : le nombre des enfans n'eſt point fixé , il eſt ordinaire-ment de vingt à trente.

Ils peuvent être reçus dans la Maiſon dès le maillot. Voici les conditions : 1°. il faut qu'ils ſoient nés en légitime mariage , & qu'ils aient été baptiſés à la Paroiſſe de Saint Sulpice. 2°. Les parens doi-vent préſenter à l'aſſemblée ou Bu-reau qui ſe tient dans cette Mai-ſon tous les premiers Vendredis de chaque mois , les extraits du mariage du pere & de la mere de l'enfant , & de celui du baptême dudit enfant : ces extraits ſe déli-vrent gratuitement à la Commu-nauté des Prêtres de Saint Sulpice.

3ᵉ. Il faut préalablement que ces enfans aient été visités par le Chirurgien de la Maison , parcequ'on ne les reçoit pas lorsqu'ils ont quelque infirmité qui peut se communiquer ; ainsi le certificat de ce Chirurgien est encore nécessaire. 4ᵉ. On doit donner cent francs peur l'entrée de chaque garçon ou fille , & des preuves suffisantes de leur état de pauvreté.

Quand on veut obtenir une place pour quelque enfant, on doit s'adresser à la Supérieure de la Maison , ou à l'un des Administrateurs , pour savoir s'il y a lieu de pouvoir accorder la place.

Ces enfans sont élevés dans cette Maison avec grand soin, ils y ont une nourriture honnête , des vêtemens modestes , propres & décens. On leur apprend à lire , à écrire, & on les instruits de leur Religion ; lorsqu'ils ont atteint un âge compétent, comme douze à treize ans , la Maison les met en métier, & les entretient pendant le tems de leur apprentissage. Lorsque ce tems est fini, ils cessent d'être à la charge de la Maison, mais l'on veille toujours sur leur conduite.

Tels sont les avantages de cet établissement : on voit que cette Maison est ainsi un azile pour retirer de la misere des enfans, qui par le décès de leur pere & mere, se trouveroient réduits à mendier leur pain, & demeureroient sans éducation & sans ressource, & plusieurs mêmes qui sont d'honnête famille, n'auroient d'autre ressource que l'Hôpital ; au lieu que par la bonne éducation qu'ils reçoivent, on les met en état de pouvoir se soutenir honnêtement, & de se rendre utiles à l'Etat.

Les personnes charitables ont ici l'occasion de faire une bonne œuvre, soit en donnant la somme nécessaire pour procurer l'entrée de la Maison à un enfant dont les parens ne font pas en état de la fournir, foit en les aidant à parfaire cette fomme, foit encore à faire quelques fondations pour l'établiffement de ces enfans, foit enfin à payer les dots des filles qui voudroient entrer en Religion.

LA MAISON

DES ORPHELINES

DU S. NOM DE JESUS.

Cul-de-sac des Vignes de la rue des Postes, quartier de l'Estrapade.

CETTE Maison a été fondée dans le dernier siecle, & ce, en faveur de vingt deux Orphelines de Paris & autres lieux ; mais ce nombre est aujourd'hui réduit à quatorze ou quinze, par la modicité du revenu. On les prend dès l'âge de sept ans, & on les garde jusqu'à vingt, qu'elles retournent chez leurs parens. Ce sont les Filles de S. Thomas de Villeneuve, qui gouvernent cette Maison avec beaucoup de soin & de prudence ; ces enfans y sont très bien élevés, & on les nourrit & on les entre-

G v

tient sur le même pied que les pensionnaires, de maniere qu'on ne sauroit les discerner de ces dernieres, qui sont de jeunes filles des bonnes familles de Paris, & au nombre de plus de quatrevingt; ainsi les Orphelines profitent de toutes les instructions, & de la bonne éducation qu'on donne aux autres. Lorsque quelques-unes de ces Orphelines sont sans aucune ressource du côté de leur famille, la Maison prend soin de leur trouver quelque place convenable, ou bien elle garde celles qui veulent rester dans la Communauté, & qui sont en état d'y être utiles.

L'HOPITAL

DU S. NOM DE JESUS.

Fauxbourg Saint-Laurent.

CET Hôpital doit son établissement au Bienheureux Vincent
de Paule, qui le fonda vers l'an
1653, sa destination est pour servir de retraite à de pauvres Artisans, qui ne pouvant plus gagner
leur vie par vieillesse ou par infirmité, se trouveroient réduits à la
mendicité. Pour l'exécution de ce
dessein, le pieux Fondateur y em-
ploya une somme assez considérable qu'on lui avoit remise, pour
être par lui destinée à quelque œuvre de piété. Il achera deux maisons & un emplacement assez grand
dans ce Fauxbourg ; il meubla ces
deux maisons de lits, de linge, &
d'autres choses nécessaires ; il fit

auffi conftruire une petite Chapelle, & du refte de l'argent, il en
acquit une rente annuelle. Il reçut
d'abord dans cet Hôpital quarante
pauvres : favoir, vingt hommes
& vingt femmes, qu'on y a nourris, entretenus pendant longtems ;
mais la rente ayant été diminuée
dans la fuite, on a été contraint
de réduire ces pauvres à trente,
jufqu'à ce que la Providence y ait
pourvu d'ailleurs. Sur quoi il faut
obferver que malgré la réduction
des rentes, la Maifon de Saint Lazare s'eft efforcée de maintenir
toujours les pauvres fur le même
nombre qu'ils font actuellement.

Ces pauvres font dans des corps
de logis féparés, mais tellement
difpofés, qu'il peuvent tous entendre une même meffe, & la même lecture de table, fans pouvoir
fe parler, ni même fe voir. Le
Bienheureux Vincent fit auffi ache-
ter des métiers, des outils, & autres chofes convenables, pour les

occuper felon leurs talens & felon leurs forces. Il mit dans cet Hôpital des Sœurs de la Charité pour le fervice de ces pauvres, & commit un Prêtre de fa Congrégation, pour dire la Meffe, leur prêcher la parole de Dieu, & leur adminiftrer les Sacremens. Cet établiffement fut confirmé & autorifé par Lettres-Patentes : ce font les Prêtres de la Miffion, dit de Saint Lazare, qui ont encore aujourd'hui la direction de cet Hôpital.

Il y a actuellement dans cette Maifon dix-huit hommes & dix-huit femmes, avec quatre Filles de la Charité, qui les foignent, ce qui fait en total quarante perfonnes.

Les pauvres qui font dans le cas d'être admis dans cet Hôpital, ce font des vieillards, mais qui ne font ni actuellement mariés, ni infirmes : ils doivent être encore en état de faire quelques petits travaux, pour aider à leur fub-

fiftance ; mais on y garde avec
foin ceux qui y deviennent infirmes.

Les pieces ou actes qu'ils doivent fournir pour y être reçus,
font leur extrait de baptême, l'extrait mortuaire du mari ou de la
femme, & un certificat de catho-
licité.

Pour y faire entrer quelque fujet, il faut s'adreffer aux Prêtres
de Saint Lazare, qui felon les
Lettres-Patentes, en font les Adminiftrateurs fpirituels & tempo-
rels.

Les Pauvres de cette Maifon y
font honnêtement nourris & entretenus, auffi les places y font-
elles briguées & retenues longtems d'avance, & ce feroit un
grand bien à faire que de contribuer à en augmenter le nombre :
car cet Hôpital eft fi pauvre, qu'il
n'a pour tout bien fonds que fon
emplacement qui n'eft que de trois
arpens. Il ne jouit d'ailleurs d'au-

cun privilege , ni exemption quelconque , quoiqu'il foit patenté ;
enforte que fans la Maifon de
Saint Lazare , qui a fourni jufqu'à
prefent à tout ce qui eft néceffaire , tant pour le vivre , que pour
le vêtement , cet hofpice fi utile
à l'humanité , feroit entierement
abandonné.

Les befoins actuels & les plus
preffans de cet Hôpital , font , la
reconftruction de fes bâtimens qui
tombent en ruine , & les meubles
& uftenciles qui ont befoin d'être
renouvellés. Les perfonnes charitables qui y connoiffent quelque
fujet , pour lequel elles s'intéreffent , pourroient les fecourir , en
leur procurant quelques meubles ,
du bois , & quelque modique penfion , pour les petits befoins &
commodités auxquels la Maifon
n'eft pas en état de fubvenir.

Mais l'œuvre la plus importante
qu'il y auroit à faire en faveur de
cet Hôpital , feroit de le dotter ,

attendu que la totalité de son revenu, ne monte pas actuellement à trois mille cinq cents livres, ce qui ne suffit pas à beaucoup près pour la seule nourriture & le vin, vu les entrées qu'on est obligé de payer. A l'égard de tout le reste, comme le sel, le bois, le linge, les vêtemens, on se le procure comme on peut, soit par les charités de différens particuliers, soit par les secours que la Maison de Saint Lazare fournit à cet Hôpital.

On n'y prend point communément de pensionnaires, cependant la Maison ne refuseroit pas un sujet qui se présenteroit, moyennant un forfait dont on conviendroit, selon l'âge & la santé de celui qui voudroit y être reçu.

L'idée de cet établissement est très sage : quoi de plus louable en effet, & de plus conforme à l'humanité, que d'imaginer un azile infiniment moins dur à la

nature , que celui qui eſt deſtiné
pour toute forte de pauvres , &
cela en faveur de quantité d'Artiſans qui ont vêcu en bons citoyens , qui ont porté les charges
de l'Etat & de leur Communauté ,
ſoutenu de gros loyers , élevé leur
famille , travaillé toute leur vie ,
& qui n'ayant pu , malgré leurs
travaux , amaſſer un ſecours pour
leur vieilleſſe , ſe trouvent réduits
à la miſere par la défaillance de
leurs forces , ou par quelque infirmité. Quoi de plus humain que de
leur procurer un azile qui les ſau-
ve de l'humiliation d'être aſſociés
à la derniere claſſe des hommes :
car une grande partie pour s'en
préſerver , aiment mieux languir
dans la miſere.

LES HOSPITALIERES

DE SAINT ANASTASE,

DIT DE S. GERVAIS.

Vieille rue du Temple.

L'HOPITAL dit de S. Gervais fut fondé l'an 1170, par Guarin, Maître Maçon, & Harcher, Prêtre, son fils, qui consacrerent une maison qu'ils avoient au parvis Saint Gervais pour y exercer l'hospitalité envers les pauvres passans. C'est ce qu'on apprend de cet établissement par les Lettres de Robert, Comte de Dreux, fils du Roi Louis le Gros, de l'an 1171, par lesquels il remet quatre deniers de cens qui lui étoient dûs sur ladite maison. Cet acte est rapporté par du Breul, ainsi que la Bulle d'Alexandre III, qui confirme la donation de la maison de Guarin, & celle des quatre deniers de cens dont elle étoit chargée.

Dans ces commencemens , & même plus de cent vingt ans après, cet Hôpital étoit gouverné par un Maître & des Freres : ils étoient qualifiés Procureur ou Maître , & Freres de l'aumônerie Saint Gervais : c'est le titre que Nicolas IV leur donne dans une Bulle de 1290. Quelques années après , on y mit quatre Religieuses sous la dépendance du Maître & du Procureur ; mais ces especes d'économes furent totalement supprimés dans la suite , à cause de leur mauvaise administration , & en 1608 , il n'y eut plus que des Religieuses sous la conduite d'une Prieure perpétuelle. En 1656 , elles furent transférées de la rue de la Tixeranderie à l'Hôtel d'O , vieille rue du Temple , qu'elles avoient acheté l'année précédente, & où elles sont actuellement.

On reçoit dans cette Maison d'hospitalité tous les Pelerins & passans, que l'on loge pendant trois nuits consécutives dans une maison située sur la rue des Rosiers, qui consiste en une cour, grande salle, dans laquelle il y a vingt lits, tables & bancs sur lesquels les pauvres passans prennent leur réfection, & au dessus une grande chambre, où il y a autant de lits, & une Chapelle où on leur dit la messe les Fêtes & Dimanches.

Le nombre des pauvres qui viennent loger à cet Hôpital, est quelquefois si considérable, qu'il y a eu des années où l'on a donné l'hospitalité à plus de trente-six mille.

On leur donne à souper environ une livre de pain, une bonne écuellée de soupe, & une portion de viande, ou de légumes, selon les jours.

Les lits des pauvres sont composés d'une couchette, paillasse,

lit de plume , traverſin , deux
draps & deux couvertures de laine.
Ce ſont les Religieuſes qui les ſervent tous les ſoirs , lavent la vaiſ-
ſelle , leur font la priere du ſoir ,
& une lecture ſpirituelle ; ils ſortent à ſix heures du matin après
qu'on leur a fait la priere ; ils ſont
encore ſoignés & veillés par des
domeſtiques de la Maiſon , nommés hoſpitaliers.

Cet Hôpital n'a de véritable
fonds affecté pour ſon entretien ,
que la maiſon de Guarin , rue de
la Tixeranderie , dont le revenu
n'eſt , toutes charges déduites ,
que d'environ quinze cents livres
par an , & qui eſt très vieille , &
en outre quelques modiques fondations faites depuis. On voit par
cet expoſé que les Religieuſes ſont
obligées de prendre ſur le revenu
qui eſt affecté à leur propre entretien , & d'attendre de la piété des
Fideles , de quoi ſubvenir preſque
totalement à la dépenſe. Ce reve-

nu consiste en quelques vieilles
maisons, dont le produit est em-
ployé en bonne partie pour les réparations. Mais le zele de ces Religieuses pour le service des pauvres & leur charité, les a dans
tous les tems engagées à tout sa-
crifier, pour ne leur pas refuser le
secours qu'ils viennent réclamer.
Il y a eu même des années, où en
s'endettant pour cet objet, elles
ont encore retranché la moitié de
leur nourriture, & elles se font
réduite à l'usage des légumes,
pour être plus en état de secourir
ces pauvres, dont elles ne doivent recevoir à la rigueur qu'une
quarantaine par jour au plus, &
cependant ils font quelquefois plus
de deux cents.

LES HOSPITALIERES
DE LA MISERICORDE

DE JESUS.

Rue Mouftard, Faubourg
Saint Marceau.

L'INSTITUT de cette Maison dans son origine, est de servir & traiter les pauvres filles & femmes malades. En 1652, Jacques le Prevôt, sieur d'Herbelay, leur donna pour remplir cette bonne œuvre, une somme de vingt-sept mille livres, portant l'intérêt de quinze cents livres par an. Avec cette rente, & autres libéralités de quelques personnes charitables, elles vinrent s'établir dans le lieu où elles sont aujourd'hui : ce qui leur fut accordé par Lettres-Patentes du mois de Juillet 1655, à condition d'accomplir par elles

le contenu du contrat passé avec le
sieur d'Herbelay. Il y a dans cette
Maison environ soixante lits, tous
occupés par des femmes malades
ou infirmes ; dans ce nombre il y
en a trente-sept de fondés, les
femmes qui les occupent sont nourries & soignées gratuitement.Quel-
ques-uns de ces lits sont à la nomination de certaines Paroisses de
Paris. A l'égard des malades qui
sont dans les lits non fondés, elles
paient une pension de quatre cents
livres ; mais il y a des genres de
maladie, d'infirmité ou d'état,
qui empêcheroit qu'on ne pût être
reçu : comme le scorbut, l'hydro-
pisie déclarée, la petite vérole, la
grossesse, &c.

Toutes ces femmes malades ou
infirmes qui habitent cette Maison, y sont nourries & soignées
très convenablement & avec beaucoup de propreté par les soins des
Religieuses Hospitalieres, &
quoique les rentes soient fort di-
nuées,

minuées, qu'elles n'aient aucune proportion, eu égard au prix actuel des denrées, avec la dépense nécessaire, & qu'il y ait plusieurs lits dont la rente est éteinte ; ces Religieuses entretiennent toujours le même nombre, & elles viennent à bout par leur économie, & en prenant sur leur propre nécessaire, de subvenir aux besoins des malades, tant pour la nourture, que pour les médicamens. Elles ont un apothicairerie fournie de toutes les drogues nécessaires ; un Médecin & un Chirurgien viennent tous les jours faire leurs visites dans la Maison. Ces Religieuses font de l'Ordre de S. Augustin & au nombre de douze. Elles se font respecter & estimer, ainsi que les autres de cet Ordre, par leur régularité, leur solide piété & le zele avec lequel elles s'acquittent des obligations de leur Institut.

H

LA COMMUNAUTÉ

DES DAMES HOSPITALIERES

DE S. THOMAS DE VILLENEUVE,

Rue de Seve, Fauxb. S. Germain.

CE s Filles ont été inftituées en 1660, par le Pere Ange Prouſt, Auguſtin, pour le ſervice des pauvres, & ſont établies à Paris depuis 1700. La Maiſon qu'elles y occupent eſt le Chef-lieu de l'Inſtitut : c'eſt-là où réſide la Supérieure Générale, & c'eſt de-là qu'on envoie les ſujets dans les Maiſons qu'elles ont en Province, qui ſont au nombre de près de quarante. Elles ne font que des vœux ſimples de chaſteté : leur Communauté de Paris eſt d'environ trente perſonnes. On en tire quelquefois des ſujets pour être

Supérieures , de même auſſi pour gouverner de certaines Communautés ſéculieres.

Les œuvres de charité que font les Filles de Saint Thomas en faveur des pauvres , méritent d'être connues du public plus qu'elles ne le font.

Selon leur Inſtitut , elles ſe dévouent au traitement des pauvres affligés de la teigne. On ſait que ce mal eſt une eſpece de gale purulente , & qui demande bien du courage & de la vertu pour l'avoir ſous les yeux & la panſer. Elles ont pour cet effet des onguens qu'elles font elles-mêmes , & qui procurent une guériſon prompte & certaine. Elles ont la charité de panſer tous les jours de la ſemaine à dix heures du matin , les perſonnes qui ſont attaquées de ce mal , jeunes filles , jeunes garçons, pauvres femmes , & elles les panſent juſqu'à parfaite guériſon ; & ſi les ſujets ont beſoin de prendre quelque Médecine, elles la leur fourniffent gratuitement ; elles donnent même une portion pour le dîner aux perfonnes qui font de la campagne, ou trop éloignées ; elles mettent à profit le tems du panfement, pour faire aux enfans quelque inftruction fur la Religion, en les queftionnant fur leur catéchifme ; en outre elles faignent gratis trois fois la femaine tous les pauvres qui fe préfentent.

Elles font encore une excellente œuvre de charité fpirituelle & corporelle : elle confifte dans les deux retraites qui ont été fondées dans cette Maifon par des perfonnes de piété ; elles fe font deux fois l'an : favoir, à Noel & à Pâques. Ces retraites font établies en faveur de pauvres femmes & filles, qui ont befoin d'être inf-truites dans la Religion ; elles durent fept jours, pendant lef-quels on entretient ces femmes

dans des exercices de piété , on
leur fait trois inftructions par jour,
& on les nourrit tout cet efpace de
tems : on donne même à coucher
à une vingtaine de ces pauvres ,
& l'on choifit pour cet effet celles
qui font de la campagne , ou des
quartiers de la ville les plus éloignées ; les autres fortent à fix heures du foir pour aller paffer la nuit
à leur demeure , & reviennent le
lendemain à fept heures du matin
pour reprendre les exercices de la
journée.

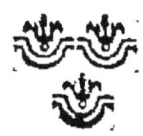

LA COMMUNAUTÉ

DES FILLES DE Ste. GENEVIEVE,

DITE LES MIRAMIONNES.

Quai de la Tournelle.

CETTE Communauté, telle qu'elle est aujourd'hui, a été formée de deux Sociétés qui n'en font plus qu'une. La premiere fut établie en 1636, par Madame Bloffet, qui raffembla quelques filles, lesquelles fans faire aucun vœu, s'occupoient du travail, tenoient de petites écoles, & visitoient les pauvres malades. Comme elles prirent Ste. Genevieve pour leur patrone, on les appella du nom de cette Sainte. En 1660, Madame Bonneau, veuve de M. de Bauharnois de Miramion, Conseiller au Parlement, s'étant vouée à la piété & aux bonnes œuvres, assembla une petite Communauté, qui vivoit selon des reglemens assez semblables à ceux de Madame Blosset, & ayant connu la Communauté des Filles Sainte Genevieve, elle unit ces deux Communautés avec l'agrément de l'Archevêque de Paris. De plus elle y fonda plusieurs places, acheta une maison sur le quai de la Tournelle en 1670, y installa sa Communauté, & fut établie premiere Supérieure. Les principaux devoirs de cette Communauté, sont d'enseigner gratuitement aux petites filles de dehors à lire & à écrire. Elles font encore plusieurs bonnes œuvres : 1°. elles donnent aux malades & aux blessés toute fortes de remedes : 2°. il y a dans cette Maison des retraites établies pour les quatre grandes Fêtes de l'année : on y admet jusqu'à cent pauvres femmes ou filles, tant de la campagne que de la ville, à qui on donne la nourriture pendant les cinq jours que dure la retraite : on y donne même à coucher à celles qui sont éloignées de leur demeure. 3°. Elles prennent des pensionnaires à un prix modique, pour celles dont les parens ne sont pas riches : elles prennent même en demi pension pour cent vingt livres : elles les élevent fort chrétiennement, & leur apprennent à travailler en linge, & aux autres ouvrages convenables à leur sexe.

LA COMMUNAUTÉ

DE SAINTE PELAGIE.

*Rue du Puits l'Hermite, Fauxbourg
ſaint Marceau.*

CETTE Maiſon fut fondée dans
le dernier ſiecle en partie par les
bienfaits de Mde de Miramion,
femme célebre par ſon zele pour les
établiſſemens de charité, & par les
libéralités de Madame la Ducheſſe
d'Aiguillon. L'objet de celui-ci
fut, que ce lieu ſervît de réfuge
aux femmes & filles qui avoient
vêcu dans le déréglement. La Fondatrice dreſſa elle-même la regle
qui devoit être obſervée par les
Filles pénitentes, & les Adminiſtrateurs de l'Hôpital ſe charge-
rent de ce qui regardoit le temporel.

Il y a dans cette Maiſon deux
H v

quartiers, qui sont autant de corps-
de-logis séparés ; l'un appellé sainte Pélagie, est pour les filles qui
s'y retirent de bonne volonté pour
y faire pénitence ; l'autre est pour
les femmes ou filles qu'on y met
par lettre de cachet, ou par l'ordre du Ministre.

Les premieres sont au nombre
d'environ cinquante, & paient
une pension de deux cents cinquante livres, mais il faut qu'elles travaillent ; les autres sont au
nombre de trente ou trente-cinq,
& la Maison ne les reçoit que sous
la condition d'une pension ordinaire.

Ce sont des Sœurs de S. Thomas qui sont chargées de faire observer la regle, & qui conduisent
l'intérieur de la Maison : leur
nombre est de six à sept Officieres, qui ont une Supérieure à leur
tête : on occupe ces femmes & ces
filles à la couture.

LE BON PASTEUR,

COMMUNAUTÉ

DE FILLES PÉNITENTES.

*Rue du Cherche-midi , Fauxbourg
saint Germain.*

CETTE Communauté doit son
établissement au zele & à la piété
de Madame de Combé , veuve,
& originaire de Leyde en Hol-
lande. L'objet de son entreprise,
fut de donner un azile & un lieu
de resipiscence aux filles qui étoient
tombées dans le désordre , mais
résolues de changer de vie , & de
faire pénitence dans la retraite.
Elle se proposa de les nourrir &
de les entretenir gratuitement,
n'exigeant d'elles que leur bonne
volonté , leur retour sincere à
Dieu , & le travail qu'elles se-
H vj

roient capables de faire pour aider au soutien de la Maison. Elle
commença cette œuvre excellente
l'an 1686, & le succès qui la sui-
vit, fit voir que c'étoit l'œuvre de
Dieu. Madame de Combé, aidée
par les pieuses libéralités de Louis
XIV, fit l'acquisition de la Maison où est aujourd'hui cette Communauté; & le jour de la Pentecôte de l'an 1688, on célébra la
Messe pour la premiere fois dans
l'Eglise qu'on avoit construite
pour cette Communauté. Depuis
ce tems là, cette Maison a été aggrandie à plusieurs reprises, enforte qu'elle renferme aujourd'hui
une des plus nombreuses Communautés de Paris.

Cette Dame, vraiment Chrétienne, voyant l'accomplissement
de son entreprise, mit toute son
application au gouvernement spirituel de sa Maison. Pour affermir
ses filles dans le desir de réparer
leur vie passée, elle fit un regle-

ment plein de sagesse & de piété.
Elle s'appliqua à le faire pratiquer
avec la même régularité que les
Religieuses doivent pratiquer leur
propre regle , & elle en fut elle-
même un exemple vivant. Ce re-
glement ne renferme pas des pra-
tiques arbitraires , des observan-
ces minucieuses , fruits d'une imagination quelquefois bisarre ,
quoi qu'une bonne intention en
soit le principe ; mais il a pour
fondement les grandes regles de
la vie chrétienne , & qui sont
comme le développement de la
doctrine de l'Evangile ; savoir ,
le détachement du monde , l'ab-
négation de sa propre volonté , la
nécessité de faire pénitence, l'a-
mour de la priere & du travail ,
l'obéissance prompte ; enfin l'i-
mitation même de la conduite de
Jesus-Christ , qu'elle proposa à ces
brebis égarées sous l'idée du bon
Pasteur qu'elles devoient écouter
& suivre.

Madame de Combé ne jouit que peu d'années du fruit de ses travaux ; elle ne vit pas sa Communauté s'étendre & se multiplier, comme elle s'est accrue dans la suite : elle fut contente de voir son petit troupeau porter de dignes fruits de pénitence, & sa Maison servir de modele à d'autres, qui pourroient être établies dans la suite. Elle espéra que Dieu béniroit son entreprise ; & son attente ne fut point trompée : le divin Pasteur se hâta de la récompenser d'avoir rassemblé dans sa bergerie, toutes les brebis dispersées qu'elle avoit pu, & la retira de ce monde, âgée seulement de trente six ans, en 1692.

Les filles qui entrent au Bon Pasteur pour se retirer du monde, & y vivre dans le travail & la priere, donnent en entrant la somme de soixante livres une fois payée : elles doivent apporter en même-tems un petit trousseau de linge, comme six chemises , six mouchoirs , & autres petits besoins absolument nécessaires. Elles doivent aider au soutien de la Maison qui les nourrit & les entretient , par les divers travaux & ouvrages auxquels on les occupe , & qui sont convenables à leur sexe & à leur savoir faire.

Quoique la plupart des filles qui y entrent , soient du nombre de celles qu'une mauvaise éducation , ou la misere , ou la séduction avoient précipité dans le déréglement , on y reçoit encore celles qui sont dans un danger sensible d'y tomber , & qui en sont retirées par des ames charitables , ou quelque fois même de leur propre mouvement. Elles ne font point de vœux , & sont libres de sortir de la Maison ; mais on ne leur donne cette liberté , qu'après avoir usé des voies que la charité chrétienne prescrit en pareil cas , & on ne les satisfait pas sur leur premiere de-

mande : on exige qu'elles s'éprou-
vent pour découvrir si ce n'est pas
une inspiration de l'Esprit tenta-
teur, ou un simple mouvement de
légereté & d'inconstance ; & si elles persistent dans la volonté de
sortir, on fait avertir les personnes qui s'intéressent pour elles, &
qui leur ont procuré cet azile, &
on les leur remet entre les mains.

Il y a pour la conduite de la Maison, & pour faire observer la regle, une Supérieure, une Assistan-
te, deux Sœurs discretes & douze
Officieres. Toutes ces filles sont
tirées de familles honnêtes, & elles doivent avoir donné de tout
tems des preuves de sagesse & de
piété. Elles ne font point de vœux,
on les y reçoit lorsqu'elles se sen-
tent un attrait pour se consacrer à
cette bonne œuvre, & lorsqu'il y
a une place vacante. Les Filles pénitentes sont actuellement au nombre de 135, ce qui forme une
Communauté de 150 personnes.

SAINTE VALERE,

COMMUNAUTÉ

DE FILLES PÉNITENTES.

*Rue de Grenelle, Fauxbourg
faint Germain.*

CETTE Maifon doit fon établiffement aux louables intentions
& au zele du Pere Daure, Religieux de l'Ordre de Saint Domi-
nique : c'étoit un de ces hommes
qui femblent fufcités de Dieu,
pour enfanter de bons deffeins,
& qui ne font occupés qu'à faire
quelque bonne œuvre. Ce zélé
ferviteur de Dieu, aidé des libéralités de plufieurs perfonnes puif-
fantes, forma cette Communauté
vers l'an 1688, il en dirigea lui-
même les ftatuts, obtint des Lettres-Patentes pour autorifer fon

établissement , fit construire la Maison & l'Eglise, telle qu'elle subsiste aujourd'hui , & qui fut achevée l'an 1706.

L'objet de l'Institut fut à-peu-près le même que celui du Bon Pasteur : savoir , pour donner un azile aux filles à qui la séduction ou d'autres causes avoient fait perdre la vertu , ou même à celles qui par certaines positions se trouveroient dans un danger éminent de se perdre ; quoiqu'il soit vrai de dire , que cette faculté qu'on accorde à ces dernieres , est une exception à la regle générale. Il est aisé de sentir combien cette œuvre étoit utile & chrétienne dans une ville comme Paris.

Cette Communauté est compo-sée ordinairement de cinquante-cinq à soixante filles pénitentes : elles donnent pour y entrer la som-me de soixante livres une fois payée , & doivent apporter un petit trousseau de linge & autres

choses les plus nécessaires. Elles
y sont nourries & entretenues
convenablement, & selon ce qu'e-
xigent les besoins du corps. Que
si la nourriture y est plus simple
& flatte moins la nature que dans
les Couvents, où les sujets paient
de grosses dots, ou d'honnêtes
pensions, c'est que ces filles pour
la plupart n'ont point de bien,
qu'elles n'apportent que les talens
de leur sexe, qui est le travail des
mains, souvent médiocre dans
un grand nombre, par conséquent
d'un produit peu considérable ;
que quand même leurs parens auroient du bien, ceux-ci ne les ont
point mis dans cette Maison, pour
leur y faire trouver les mêmes douceurs que dans leur famille ; mais
plutôt dans la vue de leur faire
sentir leur faute : c'est qu'enfin
l'esprit de pénitence étant celui
de la Maison, il doit être reconnu dans la maniere de vivre, &
dans les exercices qui se prati-

quent. Cependant si on entroit
dans quelque détail à ce sujet, il
seroit aisé de faire voir que la vie
y est bien moins rude qu'ailleurs.
Au reste ces filles sont libres de
quitter la Maison quand elles veulent , & selon l'Institut on n'y
retient personne de force , de
même qu'on ne reçoit aucun sujet,
à moins qu'il n'y entre de sa propre & bonne volonté. Mais avant
que de leur donner la liberté de
se retirer , on leur fait toutes les
représentations que la charité &
la Religion suggerent en cette occasion , & on a soin de prendre
garde , si leur dégoût n'est pas
l'effet de la légereté , ou de l'a-
mour de la liberté mal entendue,
& on leur en représente le danger. Si les remontrances sont inu-
tiles , on les remet entre les mains
des personnes qui leur ont procuré cet azile , ou qui ont quelque
droit sur elles ; mais il faut observer ici , que quand une fois

elles font forties de la Maifon, elles n'y peuvent plus rentrer : c'eft un des points effentiels de l'Inftitut, & qui s'obferve à la rigueur.

Les ouvrages qui fe font dans cette Communauté , confiftent principalement dans la couture, comme chemifes, poignets, gants : & à cet égard, les filles de Sainte Valere jouiffent de la réputation de travailler très proprement.

Il y a à la tête de la Communauté une Supérieure & quatre Officieres : ces fortes de fujets ne peuvent jamais être pris du corps de la Communauté. La Supérieure eft à la nomination de M. l'Archevêque, & les Officieres font nommées par le Supérieur de la Maifon, & d'après le confentement de la Supérieure. Les unes & les autres font des filles choifies, nées d'honnêtes familles, recommandables par leur fageffe,

leur piété, leur bon esprit, &
capables de conduire une Communauté.

Le premier soin qu'on a pour
les filles qui y entrent, c'est de les
instruire de leur Religion, dont
plusieurs ignorent quelquefois les
premiers élémens, de leur inspi-
rer le goût de la piété, de les faire
entrer dans l'esprit de la Maison,
c'est-à-dire, de les engager par
douceur à observer une regle faite
pour des personnes, qui veulent
sincerement revenir à Dieu, &
expier leur faute par une vie pé-
nitente. On leur fait comprendre
que l'esprit de pénitence consiste
principalement dans l'oubli total
du monde, & de ce qu'elles y ont
vu & entendu, dans l'obéiffance
prompte à la regle qui leur est ma-
nifestée & déclarée par la voix de
la Supérieure, dans le desir d'em-
brasser ce qu'il y a de pénible à
l'égard du genre de vie qu'on y

mene, à partager leur tems entre
la priere & le travail, la lecture
des livres de piété.

Une seconde attention, c'est de
leur apprendre à travailler, & à
les rendre capables d'être utiles à
la Maison, de perfectionner les
talens qu'elles peuvent avoir pour
telle ou telle nature d'ouvrage, afin
que par leur travail assidu, elles
puissent contribuer au soutien d'u-
ne Maison, où elles trouvent leur
subsistance jusqu'à la fin de leur
vie, si elles veulent y rester toujours, & tous les secours & soins
charitables dans leurs maladies,
quelques longues qu'elles puissent
être.

Telle est la Maison de Sainte
Valere, & qui conserve encore
aujourd'hui l'esprit primitif de son
Institut. Il est vrai de dire, qu'elle
en est particulierement redevable
au sage gouvernement de la Supérieure qui a conduit cette Communauté pendant le long espace

de quarante-trois ans *, personne qui s'étoit acquise l'estime de
tous les honnêtes gens par ses talens & sa piété solide & éclairée.

L'idée que nous venons de donner de cette Communauté, suffit
pour en faire connoître les avantages, & combien un tel établissement est utile. Que de parens,
parmi les Artisans & la petite
bourgeoisie, qui, quoique remplis d'honneur, ont quelquefois
le malheur de voir un de leurs enfans tomber dans la plus grande
faute qui puisse arriver à une personne du sexe. Ces peres & meres,
couverts de confusion, se hâtent
alors d'arrêter les progrès du vice,
& ils cherchent les moyens d'empêcher les rechutes. Animés d'un
juste ressentiment, ils prennent le
parti de mettre en lieu de sureté
le sujet coupable. Mais d'un côté

* Mademoiselle Estéve, morte le 10
Août 1766, à l'âge de 78 ans.

ils

ils n'ont pas le moyen de payer
une groffe penfion dans un Couvent, & de l'autre ils ne fe fentent
pas affez de dureté, & ils fe ref-
pectent trop eux-mêmes pour faire
enfermer un de leurs enfans dans
l'affreux féjour qui raffemble les
victimes de la débauche publique.
Ils cherchent un milieu : or ils le
trouvent dans les Communautés
du genre de celles dont nous parlons ici ; & pour une modique
fomme, ils en obtiennent l'entrée
à leur fille ; ainfi elle difparoit du
monde, & fe tenant pendant quelques années dans cette Communauté, où elle a le tems de reconnoître fa faute, elle fait que
les autres l'oublient. Infenfible-
ment la vertu reprend fes droits
fur fon cœur, elle fe plaît dans la
fageffe & dans la pratique de fes
devoirs de Religion ; enfin elle
obtient l'eftime de tous ceux
qui la connoiffent, & elle a fouvent la même deftinée que les per-

fonnes de fon fexe, qui ont tenu la conduite la plus honnête. C'eſt cependant à ces fortes d'établiſſe-mens qu'on eſt redevable de ce changement, & il eſt bon que tous les ſages Directeurs en aient con-noiſſance, lorſqu'ils rencontrent quelqu'une de ces ames égarées qui s'adreſſent à eux : car s'ils ont le bonheur de leur ouvrir les yeux ſur leur état déplorable, ou plu-tôt ſi Dieu par un coup de ſa gra-ce, leur touche le cœur, ces hom-mes charitables cherchent auſſitôt les moyens de leur procurer quel-qu'une de ces aziles pour y vi-vre dans la retraite, à l'abri des dangers du monde, & y travailler à leur converſion dans la pratique de la pénitence.

LE SAUVEUR,

COMMUNAUTÉ

DE FILLES PÉNITENTES.

Rue de Vendôme , quartier du Temple.

L'ÉTABLISSEMENT de cette Communauté fut commencé l'an 1699, par les foins charitables de M. Raveau, Prêtre de Saint Jean en Greve , de Madame la Comteſſe de Bailleul, & de Madame la Lieutenante le Camus , le tout avec l'approbation de fon Eminence Monſeigneur le Cardinal de Noailles , Archevêque de Paris. Les pieuſes intentions des Fondateurs, furent de donner un azile à des filles ou femmes , qui après avoir vêcu dans le déréglement, vouloient ſe convertir , revenir

I ij

sincerement à Dieu , & se retirer
du monde pour faire pénitence
dans la retraite , la priere, le silen-
ce , le travail & l'obéissance. Cet
établissement eut du succès : quantité de personnes demanderent
à être reçues dans cette nouvelle
Communauté , & y trouvant un
port assuré où elles seroient à l'a-
bri des naufrages qu'elles avoient
fait dans le monde , elles en em-
brasserent la regle avec joie.

La Maison est sous la direction
d'un Supérieur , sage & éclairé,
& nommé par M. l'Archevêque
de Paris. Il y a pour le gouvernement de la Maison , & pour faire
observer la regle , une Supérieure
& quatre Officieres : on ne donne
ces places qu'à des personnes d'u-
ne sagesse éprouvée , & qui ont
toute la prudence requise pour
exercer leurs fonctions. Elles ne
font point de vœux ; & elles servent Dieu librement : elles peuvent disposer de leurs biens &

hériter , si l'occasion se présente.

Il en est de même des filles pénitentes ; la Maison n'exige ni
dot, ni pension pour les recevoir :
elle demande seulement une petite somme en entrant , & un petit trousseau pour les choses les
plus nécessaires. Elle ne s'engage
point à les garder ; cependant ces
filles sont assurées d'y rester toute
leur vie, comme dans les deux
précédentes Communautés , en se
comportant sagement , & en ob-
servant la regle : sinon on les remet aux personnes qui se sont
employées pour les placer ; il en
est de même si elles témoignoient
ne vouloir pas se fixer dans la
Maison. On demande , sur-tout
de celles qui se présentent , un
caractere sociable pour maintenir
l'esprit de paix qui regne dans la
Maison. On ne recevroit pas celles en qui l'on reconnoitroit un
cœur corrompu , dans la crainte
qu'elles ne gâtassent le troupeau ,

dont une bonne partie , n'a à ſe reprocher qu'un ſeul écart , effet de la fragilité , de l'âge, & de la ſéduction.

La vie que menent ces filles, eſt en général pauvre : cette Communauté ne ſe procure le plus étroit néceſſaire, que par le travail des mains & les aumônes, leſquelles ſe ralentiſſent tous les jours. Bien plus, elle ſe trouve accablée de dettes depuis quelques années par la miſere des tems ; & les dépenſes néceſſaires pour réparer leurs bâtimens qui dépériſſent , les augmentént de jour en jour. Tel eſt l'état actuel de la pauvre Maiſon du Sauveur , qui étant fondée ſur la divine Providence , en attend avec patience les ſecours néceſſaires pour ne pas tomber tout-à-fait.

LES FILLES

DE SAINTE AURE.

Rue Neuve sainte Genevieve,
quartier de l'Estrapade.

LA nouvelle forme qu'a pris cette Communauté, qui est devenue un Monastere régulier, est digne de l'attention de toutes les personnes de piété, qui ont à cœur la conservation de la vertu. Les sujets qui la composoient, auparavant libres, s'engagent aujourd'hui à des vœux solemnels, & ce changement a été autorisé par le concours des deux Puissances. On se convaincra de l'excellence de cette œuvre, dès qu'on sera instruit des vues très louables de ceux qui sont les Réformateurs de cet Institut.

Jusqu'ici on n'avoit dans Paris

I iv

que des aziles deftinés à cacher au
monde, ou des foibleffes honteu-
fes, ou les fuites malheureufes
de la féduction, & à réparer par
la retraite dans une Communauté
les égaremens de la jeuneffe, &
les défordres même où l'abandon
de la vertu entraine quelque fois.
Le nouvel Inftitut dont il s'agit
ici, eft d'un genre différent : il eft
deftiné à prévenir les chutes ; c'eft
un azile que la charité d'un Eccléfiaftique, rempli de zele pour le
bien des ames, a, pour ainfi dire,
ouvert à toutes les jeunes perfonnes, qui, nées d'une famille honnête, fe trouvent dans des cir-
conftances où elles courent rifque
de fe perdre. Combien, en effet,
n'y en a-t-il pas qui vivent, ou
avec des parens dont la conduite
eft plutôt un attrait au vice qu'à la
vertu, ou qui fe trouvent livrées
à elles-mêmes, par la mort de ceux
qui pourroient veiller fur elles,
ou bien, qui douées de qualités

extérieures, si souvent fatales à la vertu, sont réduites à manquer du nécessaire. Où trouver un Ange libérateur, qui les préserve de la gueule du lion, toujours ouverte pour faire quelque proie? Or voici ce que la charité, toujours attentive au salut des ames, a imaginé.

Lorsque parmi les diverses personnes qui sont dans ces sortes de périls, il s'en trouve quelques-unes heureusement disposées à se dérober au monde par la retraite, & à se consacrer à la Religion par des vœux, la Maison de Sainte Aure leur ouvre sa sainte clôture, & après avoir éprouvé leur vocation & examiné si elles ont les qualités propres à former une vraie Religieuse, elle les admet sans exiger aucune dot, car elle ne reçoit qu'à titre de charité ce que les parens, ou les bienfaiteurs des sujets veulent donner pour leur réception.

I y

On voit qu'un pareil exemple renouvelle de nos jours les anciens usages de l'Eglise, où l'on ne connoissoit point cet abus, qui a aujourd'hui acquis la force d'une loi, de ne pouvoir mettre une fille en Religion sans en traiter à prix d'argent. Les personnes instruites, & qui savent qu'une pareille stipulation est proscrite par les saints Canons, ne pourront qu'être édifiés du nouvel Institut dont il s'agit ici.

La Communauté de Sainte Aure est composée de cinquante-trois filles, dont il y en a dix de converses, lesquelles ne sont point distinguées des Religieuses professes par l'habit.

Les Sœurs de chœur doivent postuler six mois & faire un an de noviciat : la pension pour cet espace de tems, n'est que de deux cents livres pour celles qui sont en état de la payer, & la Maison supplée à tout ce qui est nécessaire

à celles qui n'ont aucune reſſource.
Elles font les trois vœux de chaſteté , pauvreté & obéiſſance ſous
clôture. Le noviciat des Conver-
ſes eſt de deux ans , & de ſix mois
de poſtulance. Les Religieuſes ſui-
vent la regle de Saint Auguſtin ,
avec des conſtitutions particulieres ; elles ſont vouées particulié-
rement à la réparation des outra-
ges que Notre Seigneur reçoit dans
le divin Sacrement de l'Eucha-
riſtie. Elles ont un Office régulier, qu'elles pſalmodient les jours
ouvrables , mais les Dimanches
& Fêtes elles chantent à la grand'-
Meſſe, aux Vêpres & aux Saluts.
Elles ſe levent à cinq heures, vont
à la Meſſe à ſept , dinent à onze :
leur nourriture eſt honnête & ſuffiſante ; elles ſe couchent à neuf
heures. En général la vie n'eſt
point auſtere , mais la régularité
religieuſe y eſt exactement obſervée : elles ne vont au parloir que
quatre fois l'année , & pour voir

leurs parens. Une grande partie de leurs occupations est de vaquer à l'éducation des Pensionnaires ; elles en ont environ une quarantaine , & elles les élevent avec grand soin. On leur apprend leur Religion , à savoir écrire & selon les regles de l'orthographe , on leur apprend aussi la musique , à travailler à toute sorte d'ouvrages, particulierement à la broderie , & en toute sorte de linge ; enfin on les met en état de pouvoir un jour tenir un ménage avec intelligence.

L'ENFANT JESUS.

Au de-là de la Barriere de la rue de Seve.

CETTE Maison doit son établissement au zele du célebre M. Languet , Curé de Saint Sulpice. Sa pieuse & louable industrie à multiplier les charités , lui fit trouver les ressources nécessaires pour faire l'acquisition du grand emplacement qu'occupe cette Maison avec ses dépendances , & les fonds pour la faire bâtir. Il fut aidé dans son entreprise , 1°. des libéralités de la Reine de France , par la faveur de laquelle cette Maison a obtenu des Lettres-Patentes en 1751 : 2°. des grandes charités de Madame la Marquise de Lassay , & d'autres personnes. M. Languet prit pour modele dans cet établissement la Maison de

Saint Cyr, c'eſt-à-dire, qu'il ſe
propoſa de donner une honnête
éducation à trente Demoiſelles
nobles, mais ſans bien ; & ce nombre auroit ſans doute été rempli,
ſi les fonds avoient été ſuffiſans :
il eſt aujourd'hui de vingt à vingt-
deux.

Ces places ſont à la préſenta-
tion du Curé de Saint Sulpice, &
c'eſt le Roi qui y nomme par un
brevet que Sa Majeſté accorde aux
ſujets qui lui ſont préſentés. Il
faut que ces Demoiſelles faſſent
preuve de trois dégrés de nobleſſe
du côté du pere & de deux du côté
de la mere, & que leur pere ou
leur ayeul ait été au ſervice. On
les reçoit dans cette Maiſon depuis l'âge de huit à neuf ans, &
on les garde juſqu'à l'âge de vingt.
Elles y ſont nourries & entretenues
gratuitement pendant tout ce tems,
& d'une maniere très honnête &
convenable à leur naiſſance. On
leur apprend leur Religion, à

lire, à écrire, à compter ; on les
occupe à des ouvrages de broderie, & à tous ceux que doit favoir une honnête mere de famille : on leur fait auffi apprend-
dre la mufique. Elles font routes
habillées d'une maniere unifor-
me : c'eft-à-dire, qu'en hiver elles font en noir, & en été elles
font habillées en blanc. Ce font
des Filles de Saint Thomas de
Villeneuve qui font chargées de
la conduite de cette Maifon & de
l'éducation de ces Demoifelles ,
elles font au nombre de dix à
douze. La regle qui s'y obferve,
& le bon ordre qui y regne, font
connoître la main de l'Inftituteur.
Lorfqu'elles ont atteint l'âge de
vingt ans ; la Maifon leur fait pré-
fent d'un trouffeau honnête , après
quoi elles fe retirent chez leurs
parens.

Outre cette œuvre excellente
qu'a fait M. Languet en faveur

de ces Demoiſelles, ſa charité lui
a ſuggeré les moyens de ſecourir
un plus grand nombre de pauvres
femmes, qu'on occupe à filer, ou
à d'autres gros ouvrages dans un
quartier particulier de cette Maiſon : on leur donne la nourriture , & elles s'en retournent le
ſoir chacune en leur demeure.

LA COMMUNAUTÉ

DE SAINTE AGNÈS.

Rue Plâtriere, Paroisse S. Eustache.

CETTE Communauté fut établie l'an 1679, par plusieurs personnes charitables, conjointement avec le Curé de la Paroisse. Elle est composée de plusieurs filles de bonne conduite & de bon exemple ; ce sont les propres termes des Lettres - Patentes qui leur furent accordées en 1682, enregistrées au Parlement & en la Chambre des Comptes.

Ces Filles vivent en Communauté ; l'objet de leur établissement, est d'apprendre aux pauvres filles de la Paroisse, dabord leur Religion, & ensuite les métiers auxquels elles ont plus d'in-

clination , & dont elles font ju-
gées capables , pour être en état
de gagner leur vie. Cette Communauté doit toujours demeurer en
état féculier , & ne peut être chan-
gée en Maifon de Profeffion Religieufe : elle doit vivre felon les
ftatuts donnés par feu M. de La-
met , Curé de Saint Euftache. Les
Sœurs qui la compofent font actuellement au nombre de quarante une, dont trente-une font chargées de l'inftruction des pauvres
filles , & les autres de l'adminiftration de la Maifon.

La quantité de ces jeunes filles
qui ont l'avantage de recevoir les
excellentes inftructions qu'on leur
fait fur la Religion , & d'apprendre divers métiers, varie , & dépend du nombre de fujets qui fe
préfentent, mais il roule ordinairement par année entre quatre à
cinq cents , celui des métiers va
quelquefois à deux cents.

Toutes les pauvres filles de la Paroiſſe ſont admiſes dans la Maiſon, du moins autant qu'elle en peut contenir, & on n'en refuſe aucune ; il ſeroit même à ſouhaiter que cette Maiſon fût aſſez grande pour en recevoir autant qu'on le déſireroit : car ſi l'emplacement étoit plus grand, on y recevroit auſſi les meres de ces enfans, afin de les inſtruire ſur la Religion ; mais faute de place, on ſe reſtreint à les inviter aux retraites qu'on fait tous les ans à la Pentecôte, & qui durent trois jours. Là on leur diſtribue deux à trois cents livres de pain, & autres nourritures, ſelon que les charités qu'on a recueillies à cet effet, ſont plus ou moins abondantes, afin de les engager à y venir.

Bien plus, pour obvier aux inconvéniens que la diſſipation cauſeroit à l'éducation de ces filles, ſi elles étoient obligées de s'en re-

tourner dîner chez elles , & engager les parens à s'en paffer pour
les envoyer aux inftructions , on
n'a pu trouver de meilleur moyen,
que de leur fournir le dîner & le
gouter ; alors reftant toute la journée à la Communauté , elles font
plus à portée de recevoir toutes
les inftructions qu'on leur donne ,
& on a reconnu que celles qu'on
retenoit ainfi , faifoient plus de
progrès en un mois , que n'en font
les autres en un an , & qu'elles
devenoient d'excellens fujets ,
tant pour la capacité & l'habileté,
que pour la bonne conduite. Mais
cette Communauté n'ayant d'autre bien , que fa maifon d'habi-
tation , le fruit du travail des
mains , & quelques charités qu'on
veut bien lui faire , elle ne peut
fatisfaire à cet égard toutes les
vues de fon zele. Ajoutez à cela
que depuis plufieurs années , ces
charités font fort diminuées , que

le prix des denrées & des mar-
chandifes dont elle fe fert pour
fés ouvrages , eft extrêmement
augmenté : ce qui met cette Maifon à l'étroit. Malgré cela elle
fournit cette nourriture dont on
vient de parler, à un plus grand
nombre d'enfans qu'on ne croiroit.
Il varie , à la vérité, mais il eft
au moins de foixante, tantôt il va
à quatre-vingt , tantôt à cent , &
quelquefois à cent vingt , felon
les fecours qu'on peut obtenir. Il
feroit même à défirer qu'on pût
retenir un plus grand nombre de
ces enfans, en leur fourniffant le
dîner & le gouter , afin de procurer à la fociété un plus grand nombre de bons fujets, & par confé-
quent capables de lui être utiles ;
mais cette Communauté n'eft pas
en état de faire cette charité à toutes les jeunes filles qui viennent
travailler : car fouvent cette dé-
penfe eft prife fur le propre né-

ceſſaire des Sœurs. Mais le bien
qui en réſulte , & l'état de ces
pauvres enfans , la plupart dans
la miſere , fait qu'elles s'en pri-
vent avec joie , & elles s'eſtime-
roient encore heureuſes , ſi elles
pouvoient multiplier cet œuvre
autant qu'il ſeroit néceſſaire.

LES FILLES

DE LA MADELEINE.

*Rue des Fontaines , quartier
du Temple.*

L'ORIGINE de cette Maison
remonte vers l'an 1618 : son établissement fut pour servir d'azile
à des femmes ou à des filles, qui
ayant vêcu dans le désordre, vouloient se retirer du monde , &
trouver un abri où elles pourroient vivre dans la retraite &
faire pénitence. Ce furent dabord
le Curé de S. Nicolas des champs,
le Pere Molé , Capucin, & deux
Laïcs, qui entreprirent cette bonne œuvre , & qui recueillirent
dans une Maison les premieres de
ces femmes , qui touchées de repentir , désirerent trouver un lieu
de réfuge. Deux ans après une

Dame charitable leur procura un
établissement solide. Marguerite
de Gondi , veuve de Florimond
d'Hallain , Marquis de Magne-
lers , leur acheta la maison qu'el-
‑ ; occupent encore aujourd'hui ,
& se déclara leur Fondatrice. Cette
pieuse Dame mérita cette qualité
à plus d'un titre : car non seulement elle leur fit de grands biens
pendant sa vie ; mais elle leur
laissa par son testament la somme
de cent un mille six cents livres.
Le Roi Louis XIII voulut coo-
pérer à ce nouvel établissement,
& lui accorda une rente annuelle
de trois mille livres sur la recette
générale de Paris.

Peu de tems après on mit auprès
de ces filles des Religieuses de la
Visitation d'une vertu éprouvée ,
pour les gouverner , les entretenir dans leurs bonnes résolutions ,
& leur faire observer la regle.
Dans la suite , ce furent des Religieuses hospitalieres, qui y furent
introduites

introduites par M. le Cardinal de
Noailles , &. qui furent chargées
du gouvernement.

Dans ce Monaſtere il y a environ ſoixante perſonnes diſtribuées
en trois claſſes différentes. La premiere eſt d'environ vingt-cinq à
trente , qu'on y a miſes par ordre
ſupérieur , & par maniere de punition pour leurs déreglemens :
elles reſtent dans leur habit ſécu-
lier. La ſeconde eſt compoſée de
celles qu'on nomme la Congrégation ; ce ſont celles qui ayant d'a-
bord été renfermées malgré elles ,
donnent des marques de repentir
& déſirent de reſter dans la Maiſon , pour y vivre dans l'obſerva-
tion de la regle : lorſqu'elles ſont
admiſes , on leur donne un habit
gris & un voile blanc ; cependant
elles ſont libres de ſortir de la Maiſon , tant qu'elles n'ont pas fait
des vœux ſolemnels. La troiſieme
eſt compoſée des Religieuſes de
Saint Auguſtin ; elles ſont du nom-

K

bre de celles, qui après avoir donné des marques de converſion, demandent à faire des vœux ſolemnels, & alors elles prennent l'habit de Religieuſe, & elles embraſſent cette regle.

Nous faiſons mention de cette Maiſon, parceque ſon Inſtitut a pour objet une œuvre de charité, qui eſt de ſervir d'azile aux perſonnes du ſexe qui ont beſoin d'être retirées du monde, & que les perſonnes qui veulent faire une bonne œuvre, peuvent procurer cet azile à certains ſujets pour leſquels elles s'intéreſſent, en payant en tout ou en partie une penſion aſſez modique.

LES FILLES

DE LA PROVIDENCE.

Rue de l'Arbalête , Fauxbourg saint Marceau.

CETTE Communauté fut insti-
tuée vers l'an 1650 , par Madame
Pollalion , femme veuve, & adon-
née aux bonnes œuvres ; l'objet de
l'Institutrice fut de retirer des filles dont la chasteté est en danger
dans le monde. Ces sortes de personnes furent d'abord établies au
village de Fontenai, ensuite à d'autres endroits, & enfin dans la rue
de l'Arbalête , en une maison que
leur donna la Reine Anne d'Au-
triche en 1652 , & qu'elles ont
toujours occupée depuis.

Cette Communauté est gouvernée au dedans par une Supérieure,

K ij

qui eſt élue tous les trois ans , &
au dehors par un Supérieur Eccléſiaſtique , qui eſt nommé par M.
l'Archevêque.

Les Filles de la Providence ,
font après deux ans d'épreuve ,
des vœux ſimples de chaſteté , d'o-
béiſſance & de ſtabilité perpétuelle , & de ſervir le prochain. Selon leurs Conſtitutions , elles ſe
chargent , dit-on , d'un certain
nombre de filles réellement pauvres, qu'elles nourriſſent & qu'elles inſtruiſent : elles les prennent
dès l'âge de dix ans.

LA COMMUNAUTE

DES PRÊTRES,

DITE DE S. FRANÇOIS DE SALES.

*Au Village d'Iſſy, à une demi-
lieue de Paris.*

CETTE Communauté doit ſon
établiſſement à la charité d'un
pieux laïc, dont l'humilité lui a
fait taire ſon nom, & qui déſirant
contribuer de ſes biens à quelque
œuvre utile à la ſociété, s'adreſſa
à un Docteur de Sorbonne *, & lui
remit pour cette fin deux mille
écus. Celui-ci qui avoit vu ſouvent de pauvres Prêtres, même
des Curés, leſquels après avoir
travaillé & vieilli dans les fonctions du Saint Miniſtere, ſe trouvoient ſur la fin de leurs jours deſ-

* M. Witaſſe.

K iij

titués des secours les plus nécessaires à la vie, crut que ce seroit un
établissement utile à la Religion,
de fonder en leur faveur une Maison où ils trouvassent une retraite
& une subsistance honnête. Ce projet ayant été proposé à M. le Cardinal de Noailles, Archevêque de
Paris, il l'approuva, & en con-
séquence on loua une maison dans
la rue des Postes l'an, 1698. Telle
fut l'origine de la Maison des Prêtres de Saint François de Sales,
dont l'objet est en faveur des Prêtres invalides, & préférablement
de ceux du Diocèse de Paris. Etablissement bien digne de la charité
de tous les Fideles qui honorent,
comme ils le doivent, les Ministres de l'Eglise, les dispensateurs
de la parole de Dieu & des saints
Mysteres. Le Cardinal de Noailles en parla à Louis XIV, & lui
demanda des Lettres-Patentes ; le
Roi les lui accorda aussitôt en di-
fant : *il est bien juste que mes sol-*

dats ayant une retraite, ceux de
Jefus - Chrift n'en manquent pas :
paroles vraiment dignes d'un Roi
très Chrétien. Les Lettres-Patentes furent expédiées en 1700 au
mois de Janvier. Elles portent que
cet établiffement eft deftiné pour y
recevoir les Eccléfiaftiques & les
Prêtres âgés & infirmes qui ont
travaillé dans les Diocèfes du
Royaume , & particulierement
dans celui de Paris , à l'effet d'y
être aidés , s'ils ont peu de bien ,
& d'être pourvu à tous leurs befoins , s'ils n'en ont point , pendant le refte de leur vie, en ob-
fervant les reglemens que M. l'Archevêque de Paris jugera à propos
de leur donner , & que cette Communauté demeurera établie fous
fon autorité immédiate , & celle
de fes fucceffeurs.

On attribua à cette nouvelle
Maifon, pour premiers revenus,
deux mille écus de penfion à prendre fur le Clergé de Paris, jufqu'à

ce que par la réunion de bénéfices
fuffifans, ce Clergé pût en être dé-
chargé en tout ou du moins en
partie. Le Cardinal de Noailles
obtint en 1702 de nouvelles Lettres-Patentes confirmatives des
premieres & attributives jufqu'à
quinze mille livres de rente en
réunion de bénéfices. Il réunit la
même année à cette Maifon les
biens *de la Maifon de la Creche*,
hofpice de Religieufes de différens Monafteres, établi rue du
Puits l'Hermite, Fauxbourg Saint
Marceau. Les Prêtres de Saint
François de Sales fe tranfporterent
alors dans cette Maifon, & ils y
ont demeuré jufqu'au mois de
Juin 1753. En cette année leur
Maifon fut tranfporté à l'entrée du
Village d'Iffy, dans celle occupée auparavant par les Religieufes de l'Abbaye de Sainte Anne,
qui fut réunie à celle de Jarcy en
Brie. Les maifons & terres fituées à Iffy, & appartenantes à

cette Abbaye furent alors adju-
gées au profit de la Maiſon de
S. François de Sales. Cette tranſ-
lation parut néceſſaire , parceque ces Prêtres âgés & infirmes ,
ſe trouvoient logés à l'étroit , &
dans un quartier mal ſain ; au lieu
que cette derniere maiſon étant
ſituée à la campagne , l'air y eſt
plus ſalutaire , le logement plus
ſpacieux & ſuſceptible d'augmentation ; enſorte qu'à meſure que
les charités augmenteront , on
pourra aiſément augmenter les bâtimens, & procurer ainſi une retraite à un plus grand nombre de
Prêtres. Il ſeroit à ſouhaiter pour
cela que les perſonnes aiſées, &
particulierement les Bénéficiers,
euſſent dévotion à cette bonne
œuvre , en fondant une ou pluſieurs places en faveur des pauvres
Prêtres âgés , & cela à l'exemple
de pluſieurs perſonnes reſpecta-
bles, qui ont concouru en divers
tems à l'augmentation de cet éta-

K v

blissement. Tels ont été M. le Cardinal de Noailles , les Archevêques ses successeurs ; l'Abbé Têtu , qui y a réuni le Prieuré de S. Denis de la Chartre , M. le Doyen actuel de l'Eglise de Paris , qui y a réuni le Prieuré de Saint Eugene de Deuil , M. Grancolas , Docteur de Sorbonne , qui y fonda en 1731 une place pour un Docteur , M. Tamponet , Doyen de la Faculté de Théologie de Paris , qui en 1757 , y fonda une place pour un Ecclésiastique de Paris , & par préférence Clerc dans le Clergé de la Paroisse de Saint Paul , & qui a travaillé jusqu'à la fin de sa vie à procurer le bien de cette Maison.

Le nombre actuel des Prêtres de cette Communauté n'est encore que de vingt-deux, tous placés à la nomination de M. l'Archevêque. Il y en a quatre qui logent dans l'Infirmerie , parceque les chambres manquent ; on ne leur fournit ni meubles, ni linge, à l'exception des draps & serviettes, ni habits, ni blanchissage, ni bois, ni chandelles, le tout, à moins qu'ils ne soient absolument pauvres. Car la regle est que ceux qui obtiennent une place, & qui n'ont aucun bien, sont fournis de tout en général par la Maison, & on leur laisse encore les honoraires de leurs messes. Les Prêtres malades sont traités avec soin jusqu'à la mort ; mais ceux qui ont du bien ne doivent en reserver que deux cents livres pour eux, & sont obligés de donner le surplus à la Maison, du moins jusqu'à la concurrence de la totalité de la pension : dans tous ces cas il faut y être admis par M. l'Archevêque.

Messieurs de Sorbonne ont droit de nommer à une place, & Messieurs de Saint Martin à deux ; mais il faut l'agrément de M. l'Archevêque.

On y prend en penſion quelques Prêtres, mais il n'y en a que quatre pour le préſent, la penſion eſt de cinq cents livres : ceux-ci ſont logés convenablement & mieux que les autres, & ils ont quelque douceur de plus à leurs repas.

Tous les ſujets de la Maiſon mangent à un réfectoire comme dans les autres Communautés, & ils y ſont ſervis par portion. Au reſte la nourriture en général y eſt honnête & ſuffiſante, tant pour la quantité de viande, que pour la boiſſon ; mais il ſeroit à ſouhaiter que la Maiſon fut en état de fournir aux beſoins des vieillards : car, comme elle ne donne point de bois aux Prêtres dans leur chambre, ceux qui n'ont pas le moyen, ſont obligés d'aller ſe chauffer à un poële qui eſt dans l'Infirmerie. Il y a douze ou quinze perſonnes au ſervice de la Maiſon, parmi

lefquels eft un Chirurgien, un Infirmier, un Portier, &c.

A l'égard de l'Office, on y pfal-
modie en commun, None, Vêpres & Complies à deux heures les
jours ouvrables, & à fix heures du
foir, Matines & Laudes. On n'y
chante de grand'Meffe qu'aux Fêtes annuelles & grands folemnels ;
mais on chante Vêpres & Complies tous les Dimanches & Fêtes,
& il y a fouvent Salut du Saint Sacrement. Le lever eft à fix heures
l'été, & à fept en hiver ; le coucher à neuf heures, mais les infirmes & ceux qui ont à faire, ne
font point gênés pour ces différentes heures, ni pour l'Office.
Les Prêtres en état de dire la
meffe, la difent à leur volonté, &
ils en reçoivent les honoraires.
La Communauté fait une confé-
rence fpirituelle de demi-heure
trois fois la femaine

Sur cet expofé on peut remarquer, que vû le grand nombre de

Prêtres qui n'occupent que de très modiques places à Paris , & qui malgré tout leur travail & leur économie , se trouvent sur la fin de leurs jours , sans avoir l'honnête nécessaire , il seroit à souhaiter que cette Maison pût donner une retraite à un bien plus grand nombre de Prêtres , & qu'elle eût un revenu proportionné. Cette bonne œuvre tireroit bien des Ministres du Seigneur du triste état où ils sont réduits : elle contribueroit à l'honneur du Diocèse de Paris , à la gloire de Dieu, & au salut de ceux qui y coopereroient.

AUTRES ETABLISSEMENS

DE CHARITÉ

EN FAVEUR DES PAUVRES.

On doit mettre de ce nombre
ceux qui ont lieu dans toutes les
Paroiſſes de Paris , & ſur-tout dans
les grandes. Ce ſeroit entrer dans
un trop long détail , que de rap-
porter ici les diverſes charités que
fait chaque Paroiſſe ; outre que
ce ſeroit tomber dans des répéti-
tions , ces ſecours étant à-peu-près
les mêmes. Tout le monde ſait
que dans la plupart il y a des Sœurs
de la Charité deſtinées à avoir ſoin
des pauvres malades , & que
Meſſieurs les Curés aſſiſtent ſelon
leur pouvoir tous les pauvres honteux qui viennent expoſer leurs
beſoins. Cependant pour donner
une idée aux Lecteurs des bonnes

œuvres qui ſe font dans les Paroiſſes , nous tracerons ici pour modele les charités que fait la Paroiſſe Saint Euſtache , laquelle (ſi on la conſidere du côté du nombre d'ames qu'elle renferme) , équivaut à celle de Saint Sulpice , que l'on regarde comme la plus étendue de Paris ; le tout ſans vouloir lui donner en ce genre une préférence marquée ſur les autres. Les perſonnes raiſonnables ſavent , qu'en ces ſortes de matieres , chaque Curé n'eſt obligé d'aſſiſter les pauvres de ſa Paroiſſe, que ſelon l'étendue de ſon pouvoir & du ſecours que lui procurent le plus ou moins d'aumônes.

La Paroiſſe Saint Euſtache eſt diſtribuée en vingt quartiers , il y a une Dame de charité pour chaque quartier , & chacune ſe charge d'en viſiter les pauvres pour en conſtater l'état ; elle s'informe de leur conduite , de leur vie , de

leürs mœurs, s'ils ont été déja
affiftés, s'ils ont fait un bon ufage
de ce qui leur a été donné, s'ils
font inftruits, s'ils fréquentent les
Sacremens, s'ils ont foin de l'é-
ducation de leurs enfans, s'ils ont
des livres de piété, afin d'y pour-
yoir s'ils en manquent. L'affiftance qu'on leur donne fe fait en argent, fi cela eft néceffaire aux perfonnes pauvres pour gagner leur
vie, ou elle fe fait en autres chofes néceffaires, comme lits, linge, habits, &c. Si l'aumône fe
fait en argent, la Dame de charité le donne elle-même; fi c'eft
en habit ou linge, &c. comme il
y a deux magafins pour ces objets,
elle y envoie le pauvre avec un
billet figné d'elle, qui contient ce
qu'on lui doit donner, & ce qu'elle juge lui être le plus néceffaire.

Il y a pour cette fin un Tréforier des pauvres, qui eft feul chargé par M. le Curé de remettre aux
Dames de charité, les fonds dont

elles ont befoin pour toutes les diftributions qu'elles font dans le courant de l'année : c'eft vis-à-vis de lui qu'elles en comptent , & celui-ci en compte à la fin de chaque mois vis-à-vis M. le Curé.

Aumônes particulieres de M. le Curé.

M. le Curé de la Paroiffe Saint Euftache diftribue par lui-même des aumônes journalieres , ou les fait diftribuer par les perfonnes qui veulent bien l'aider dans cette bonne œuvre , laquelle eft en faveur des pauvres honteux valides ; mais pour cela il y a un certain ordre qui s'obferve exactement.

1º. Les Meffieurs ou Dames qui ont la charité de fe charger d'un quartier , doivent faire la vifite des pauvres dont ils ont reçu les placets , le plutôt qu'il leur eft poffible. Dans ces placets que les pauvres préfentent , ils doivent énoncer leur nom de baptême &

de famille, & ceux de leur mari
ou de leur femme, s'ils font mariés ou veufs, ou les noms & fur-
noms de leurs pere & mere, s'ils
font garçons ou filles. Les perfonnes qui font ces vifites, doivent faire les mêmes informations
dont il a été parlé ci-deffus, par
rapport à la Religion & à la bonne conduite des pauvres qu'ils vi-
fitent. Si dans leurs vifites il fe
trouve quelque pauvre malade,
la perfonne qui le vifite va le même jour chez les Sœurs de la charité, elle y fait écrire fur le livre
des malades le nom & la demeure
de ce pauvre, afin que le Médecin l'aille voir, lui faffe donner la
portion & les remedes néceffaires.
Lorfque ceux qui font la vifite jugent que les pauvres méritent d'ê-
tre affiftés, ils font attention à leur
donner l'efpece d'affiftance qui
peut être la plus utile, en exami-
nant avec prudence quels font

leurs plus véritables & plus pres-
sans besoins. Quand les pauvres
ont besoin d'être assistés en mar-
chandises ou outils de leur pro-
fession , lits , habits , ou linge ,
on les leur donne en nature , sans
leur confier l'argent pour les ache-
ter : si ce n'est pour certaines pro-
fessions , comme les femmes qui
vendent du beurre , des œufs , du
fruit , des légumes , du poisson ,
& autres denrées qui ne peuvent
être achetées que par ceux qui les
revendent ; au quel cas on a soin
de se faire rendre compte , & de
prendre par soi-même connoissance de l'emploi de l'argent qu'on
aura confié. Pour cet effet , on ne
donne dabord que la moitié de
l'argent qu'on leur destine , & le
reste lorsqu'ils montrent les mar-
chandises qu'ils ont achetées. On
procure aussi aux femmes & aux
filles un moyen de secours en leur
faisant donner à filer , mais on

examine foigneufement celles qu'on deftine à ce travail, afin de préférer celles qui font hors d'état d'en faire d'autre.

Comme les affiftances qu'on donne aux pauvres valides, ne font que pour les aider à gagher leur vie par leur travail, ceux qui n'ont point actuellement de pro-feffion, ni de talent pour gagner leur vie, ne doivent être affiftés qu'en cas qu'ils fe déterminent à quelque genre de travail, & cela pendant quelque tems que la pru-dence déterminera, en leur don-nant feulement pour chaque fe-maine quelque chofe pour vivre pendant qu'ils tâchent de trouver de l'emploi & du travail.

A l'égard de ceux que la cadu-cité de leur âge, ou leurs infirmi-tés habituelles, mettent abfolu-ment hors d'état de pouvoir faire aucun travail, comme les aveu-gles, les paralitiques, & lorfqu'il y a de juſtes ſujets de ne pas les engager à ſe retirer à l'Hôpital : on aviſe avec M. le Curé ſur les moyens de les faire ſubſiſter , & c'eſt lui qui décide la qualité de l'aſſiſtance qui peut leur être faite.

On donne quelquefois aux pauvres femmes nouvellement accouchées une layette pour leur enfant. On ne paye point les mois de nourrices pour les enfans , attendu que les fonds ne ſont pas aſſez conſidérables pour ſuffire à une aſſiſtance auſſi étendue , ni de loyers pour les pauvres , & on prend garde que l'aſſiſtance ne ſoit employée à cet uſage.

Quoique ce ſoit une charité bien avantageuſe , que de mettre en apprentiſſage les jeunes enfans, & de les obliger chez des Maîtres pour y apprendre un métier , qui par la ſuite les mette en état de gagner leur vie , ou de faire paſſer Maître ceux qui ont fait leur tems d'apprentiſſage ; cependant , comme les ſommes qu'il faut donner ſont trop conſidérables pour qu'on pût y ſuffire , on n'en paye point en entier , ſi ce n'eſt du conſentement exprès de M. le Curé , & dans des cas extraordinaires , comme lorſque quelque perſonne charitable , auroit donné une ſomme aſſez conſidérable pour cet objet ſeulement , ou lorſque les parens ont déja d'ailleurs une partie de la ſomme néceſſaire , alors on les aide en y contribuant , mais en s'aſſurant néanmoins de l'emploi de ce qu'on donne , & en ne le donnant que lorſqu'on aura vu paſſer au Bureau la maitriſe ou l'obligé. A l'égard des brevets d'apprentiſſage , la Paroiſſe ne refuſe point cette charge , en les faiſant paſſer chez le Notaire ordinaire , qui veut bien , pour ces ſortes d'actes , ſe contenter du rembourſement du prix de ſon papier.

Lorsqu'il se trouve des pauvres filles de la Paroisses qui ont été assez malheureuses pour tomber en faute, & qui dans la crainte de retomber, demandent à se retirer dans une Maison de pénitence, la Paroisse ne leur refuse point le secours nécessaire pour leur entrée dans une de ces Maisons, qui est ordinairement cinquante ou soixante livres, mais en ce cas on prend les précautions nécessaires pour être assuré de la retraite de la personne, & de l'emploi de la somme donnée pour cet effet.

Elle donne aussi quelque assistance à de jeunes personnes en faveur de leur mariage.

Elle en donne aussi à de pauvres femmes qui ont une conduite sage & chrétienne, & qui sont maltraitées par des maris qui vivent dans le désordre & la débauche, & dont elles ne tirent aucun secours ; mais on leur donne en secret

cret cette affiftance & à l'infçu, afin qu'elle puiffe s'en aider, elle & fes enfans.

Lorfqu'on trouve des perfonnes dans un befoin extrêmement preflant, quoiqu'il n'y ait pas deux ans qu'elles aient reçu l'affiftance, ou des perfonnes d'une famille qui méritent du ménagement & du fecret, ou auxquelles il faudroit des fommes beaucoup plus fortes qu'à l'ordinaire, on en confere fur cela avec M. le Curé, pour trouver moyen de leur procurer une affiftance extraordinaire.

Nous avons parlé ci deffus des autres caufes pour lefquels l'affiftance eft refufée. La Paroiffe en exclut auffi tous les ouvriers qui travaillent pour l'Opéra, la Comédie, & les autres fpectacles de ce genre, les Tailleurs, ou Loueurs d'habits de mafques. En outre les ivrognes, les fainéans, les fcan-

L

daleux, ou ayant d'autres vices connus dans le quartier, ni ceux qui logent des femmes & filles de mauvaise vie.

On ne fait non plus d'assistance aux gens du bas peuple aux approches des jours où ils en pourroient abuser, en les employant à la débauche, comme les Rois, la Saint Martin, le Carnaval.

COMPAGNIE

Pour le rétablissement des Pauvres Honteux valides de la Paroisse S. Eustache, & dite des Quinze Jours.

LES personnes qui sont l'objet de cette charité, sont, 1°. des Artisans pauvres, mais de bonnes mœurs, qui faute de la matiere nécessaire à leur art, ne peuvent, malgré le désir qu'ils en auroient, ni servir le Public, ni se soutenir eux-mêmes.

2°. Des Marchands qui ont une extrême peine de découvrir l'état misérable où ils se trouvent réduits, qui également accablés de leurs propres dettes & de celles de leurs créanciers, voient leur commerce pencher de plus en plus vers sa ruine. 3°. Des familles qui s'é-

L ij

tant vues dans un état floriſſant, ſont réduits le pere, la mere & les enfans à la plus affreuſe diſette, & qui n'ont ni le courage de faire connoître leur état, ni les moyens de le réparer.

Cette Compagnie eſt compoſée d'Eccléſiaſtiques & de Laïcs, dont les uns ſont ou des Marchands, ou d'autre profeſſion, tous d'une condition honnête, & demeurans ſur la Paroiſſe. Les aſſemblées ſe tiennent tous les Dimanches de quinze en quinze jours dans la ſalle de M. le Curé, Supérieur de l'aſſemblée : c'eſt lui qui recueille les voix & prononce à la pluralité. La Compagnie élit tous les ans un Eccléſiaſtique ou un Laïc, pour recevoir les aumônes, tenir le regître des délibérations, & diſtribuer l'argent ordonné aux pauvres. Ce Receveur apporte dans chaque aſſemblée les regîtres & les billets pour la viſite des pauvres. Ces billets contiennent les noms, conditions & demeures de chaque pauvre, & font diftribués entre les membres de la Compagnie ; car chacun doit faire dans la quinzaine la vifite dont il a été chargé ; enfuite il nomme par ordre ceux qui ont fait la vifite des pauvres, & chacun d'eux fait fon rapport, en conféquence des informations portées par le billet.

Celui qui fait la vifite d'une famille, doit interroger le mari, la femme & les enfans, fur les commandemens de Dieu & de l'Eglife, & fur les Sacremens, s'ils font domiciliés fur la Paroiffe depuis un an & plus ; s'informer s'ils favent lire & écrire, s'ils font, eux & leurs enfans confirmés, s'ils fréquentent les Sacremens, comme auffi des caufes de leur indigence ; s'ils doivent des loyers, fi on peut les accommoder avec leurs créanciers, par quels moyens on peut les rétablir, afin de marquer toutes ces chofes dans le billet qui

L iij

ſera donné pour eux ; il doit s'informer ſi les filles couchent en un
endroit ſéparé de leurs pere, mere & freres ; s'ils n'ont point de
filles en péril, pour les en retirer
& éviter le mal ; ſi leurs enfans
ne ſervent point chez les Acteurs
& Actrices de l'Opéra, ou chez
des Comédiens ou Comédiennes,
ou autres perſonnes de réputation
ſuſpecte ; ſi les maiſons où ils demeurent ne ſont point des maiſons de débauche : auquel cas, la
Compagnie prend des meſures
pour les en faire ſortir.

En conſéquence de ces informations, celui qui a fait la viſite,
rend compte à l'aſſemblée de la
condition du pauvre, du nombre
de ſes enfans, il expoſe qu'il eſt
inſtruit, qu'il fréquente les Sacremens, qu'il eſt aſſidu à la Paroiſſe :
ſi tout cela eſt véritable, il expli-
que enſuite ſes beſoins & les cau-
ſes de ſon indigence. Au reſte la
Compagnie n'aſſiſte point une fa-

mille dont le pere , la mere & les
enfans ne font pas fuffifamment
inftruits des principaux myfteres
de la Religion ; il faut même que
le mari ou la femme pour lequel
on demande l'affiftance , préfente
un certificat de confeffion. Enfuite
celui qui a fait fon rapport, donne
fon avis fur la qualité & quantité
de l'affiftance néceffaire au pauvre
qu'il aura vifité , après quoi on
recueille les voix ; fur quoi il faut
obferver que la Compagnie ne dé-
libere point fur une affiftance au
deffus de cinquante livres , qu'elle
n'ait ordonné une feconde vifite.
Lorfque l'affiftance eft réfolue ,
l'argent eft donné à celui de la
Compagnie qui eft jugé le plus
propre pour l'employer aux néceffités du pauvre. Il faut obferver
qu'entre les pauvres honteux valides , les Marchands & les Artifans , maîtres dans leurs métiers,
mariés depuis un an , ou veufs,
font toujours préférés pour les af-

fiftances, étant les véritables objets de la Compagnie. Elle les affifte tous les deux ans, lorfqu'ils
le méritent, & cette affiftance
confifte à leur donner ce qui leur
eft néceffaire pour travailler, par
exemple, à un Cordonnier, du
cuir, à un Charpentier, du bois,
à un Tailleur, des fournitures.
La Compagnie ne rétablit point
les Marchands, mais les aide pour
les affortir. Les billets des Marchands & des Maîtres, de quelque profeffion qu'ils foient, pour
lefquels il faut des fommes confi-
dérables pour les relever, & qui
font au deffus des forces de la
Compagnie, ne peuvent être préfentés que par une préalable délibération de la Compagnie. Elle
affifte un grand nombre de pauvres familles qui gagnent leur vie
par diverfes induftries équipollentes à un métier, comme les Cou-
turieres en petit linge, les Frui-
tieres, les Blanchiffeufes, les

Revendeufes fur inventaires, les Manouvriers, & autres perfonnes, lefquelles étant trouvées de qualité requife ; font affiftées ; mais on ne leur donne d'abord que *fix livres*, , fauf à augmenter fi les familles font chargées d'un grand nombre d'enfans ; fur quoi il faut remarquer que les charités qu'on leur fait, ne leur font point diftribuées en argent, afin d'en éviter le mauvais ufage, mais elles font employées à l'achat des chofes propres aux métiers & négoces qu'ils font, & en cas de dettes de loyer ou autres, l'emploi n'en eft fait qu'après qu'on a pris les furetés néceffaires avec les créanciers. Au refte la Compagnie ne donne l'affiftance qu'une fois l'an à quelques pauvres que ce foit, à moins d'une néceffité preffante, auquel cas, elle leur fait l'affiftance deux ou plufieurs fois, felon qu'elle le juge le devoir faire. Ces affiftances confiftent, par exemple, à don-

ner aux Revendeufes qui vont par
les rues avec des inventaires , l'argent néceffaire pour gagner leur
vie , à une Blanchiffeufe du bois ,
du favon , du charbon , &c. En
outre on leur diftribue du bois
pendant l'hiver , du pain lorfqu'il
eft cher , des graines de différentes efpeces pendant le carême ,
affez fuffifamment pour nourrir &
faire de la foupe dans chaque famille , du beurre falé pour fricaf-
fer les graines , &c.

La Compagnie ne donne point
affiftance aux pauvres mendians
dans la ville , ou dans les maifons,
ni à ceux qui font à l'aumône de
la Paroiffe , ou qui font affiftés des
aumônes du Roi , ou qui parti-
cipent aux charités de la Confrairie de Sainte Agnès , fans une préalable délibération de la Compagnie , ni à ceux qui logent à la
femaine , ou qui ont befoin d'une
affiftance perpétuelle , ni aux peres
& meres veufs & fans enfans , ni

à ceux qui ont gagné leur maitrife à la Trinité, qu'après un an revolu du jour de la réception à la maitrife , & travaillant depuis un an fur la Paroiffe. Elle ne donne point non plus d'affiftance pour faire paffer maîtres les compagnons, ni pour mettre perfonne en apprentiffage, ni pour des frais de procès , de mariage, payement de loyer de maifon , prêts par obligation ou promeffes : parceque ces fortes de néceffités ne font point le véritable objet des charités de cette Compagnie.

LA COMPAGNIE

DE BON SECOURS,

Sur la même Parroiſſe pour le ſou-
lagement & l'aſſiſtance des Pau-
vres Honteux malades.

CET établiſſement eſt digne de
tous les éloges. En effet la plus
grande affliction & le plus triſte
état pour une perſonne qui n'a
d'autre moyen de ſubſiſter que ſon
travail, c'eſt la maladie puiſqu'elle lui ôte la force de travailler.
Que peut-elle attendre dans cette
ſituation, ſinon une mort d'autant
plus cruelle, qu'elle ſera plus len-
te, & qui eſt de périr de faim &
de miſere? Or le principal motif
de cette Compagnie, eſt de ſecourir les pauvres malades; mais
le genre de pauvres qui ſont le

premier objet de fa charité, ce
font les Marchands, Artifans,
Maîtres de métiers & autres qui
gagnent leur vie par diverfes induftries équipollentes à un métier.
Cependant fi les fonds fe trouvent
fuffifans, elle affifte toutes les autres fortes de malades, pourvu
qu'ils foient dans leurs meubles,
& demeurans fur la Paroiffe, au
moins depuis fix mois. Cette Compagnie eft compofée de ce qu'il y a
de plus notable dans la bourgeoifie
pour la piété & pour l'état. Son
objet eft de prendre foin des pauvres malades domiciliés fur la Paroiffe, & qui ne font ni du nombre des mendians, ni des vaga-
bonds, mais pauvres honteux. Il
y a pour cet effet trois Médecins
& deux Chirurgiens pour vifiter
les malades; en outre cinq Sœurs
de la charité qui exercent continuellement leur zele auprès des
malades. Elles font tous les matins dans leur maifon la diftribu-

tion des portions pour les malades, ceux-ci les envoyent querir.

Ces portions confiftent en une petite écuellée de bouillon avec de la viande & un petit pain ; en outre elles leur fourniflent les médécines & les drogues, même les douceurs qui conviennent à l'état d'un malade, & avec la prudence convenable. Il ne faut aucune recommandation auprès de ces pieufes filles pour courir au fecours de ces malades ; un parent, un voifin ou voifine vient les avertir qu'il y a un malade dans un tel quartier ; fur-le champ une d'elles fe détache, va voir le malade, elle en rend compte au Médecin, s'il en eft néceffaire, ou au Chirurgien, fi la chofe le regarde, & le malade eft promptement fecouru.

Après qu'elles ont diftribué les portions, elles écrivent le nom, la qualité & la demeure des malades qui font à recevoir ; elles examinent s'ils sont de la qualité pour être admis. Si elles en doutent, elles vont l'après midi les visiter, elles marquent le jour que l'on aura commencé & cessé de donner la portion.

Elles donnent tous les jours le nom & la demeure des malades, aux Médecins qui les viennent prendre à la maison de la charité : elles délivrent un billet aux Chirurgiens de la charité pour les saignées que les Médecins ordonnent.

Elles ne donnent point de médicamens aux malades que par ordre du Médecin.

Elles font par leur avis, les syrops, drogues & autres remedes ordonnés pour les pauvres de la charité, & elles les leur font prendre en leur présence.

Elles prêtent aux malades, qui n'ont point de linge pour se changer, des draps, des chemises, & le reste, & prennent leurs précautions pour le faire avec sureté :

elles veillent à ce que le Confesseur soit averti, quand le Médecin dit que le malade est en danger.

La Chirurgien de la charité fait les saignées des pauvres malades sur les cartes que les Médecins leur délivrent, & il passe tous les jours à la Maison de la charité pour prendre le nom & demeure des malades auxquels le Médecin aura ordonné des saignées

Si les personnes qui demandent la portion se disent mariés, les Sœurs doivent s'assurer de la vérité, par le certificat de mariage, ou par le témoignage des personnes de probité.

Au reste, l'assistance ou la concession de la portion ne dure que trois semaines ; passé ce tems, & si la maladie continue, la Sœur de la charité fait son rapport à la Compagnie, qui, si elle le juge à propos, fait porter le malade à l'Hôtel-Dieu. Par la raison, qu'attendu la quantité de pauvres malades, les fonds ne font pas affez abondans pour continuer les fecours auffi longtems qu'il feroit néceffaire. Si cependant le malade qui n'eft pas encore rétabli, eft un pere ou une mere de famille, M. le Curé leur fait paffer quelque fecours par le canal de la Dame de charité du quartier.

A l'égard des pauvres qui ne font pas de la qualité requife pour être admis à l'affiftance, les Sœurs de la charité ont le foin de les faire porter à l'Hôtel-Dieu aux dépens de la Compagnie.

On n'affifte point non plus ceux qui font connus pour être de mauvaife vie ou de l'efpece de ceux dont il a été parlé dans l'article précédent.

Cette même Compagnie fecourt encore les enfans des pauvres : elle donne un demi-feptier de lait & de la farine pendant neuf mois

aux meres qui nourriſſent leurs
enfans, & la laitiere va tous les
jours le leur porter. Elle aſſiſte
auſſi les femmes en couche pendant quinze jours, & un peu plus
ſi le cas l'exige.

Les perſonnes charitables qui
feront réflexion ſur ce genre de
charité que nous venons d'expoſer, & les grandes dépenſes qu'on
eſt obligé de faire pour cela, ap-
prendront par-là, à combien de bonnes œuvres elles ont part, non ſeulement pour le tems préſent, mais
pour l'éternité, où elles trouveront au centuple ce qu'elles auront
ſemé.

Les fonds pour fournir à ces dépenſes ſe tirent : 1° de quelques
maiſons & rentes qu'a cette Compagnie : 2°. de ce que donnent les
familles pieuſes & charitables par
mois, ou par année : 3°. des fondations qui ont été faites en faveur de la même Compagnie, des
dons & legs qui ſe font par teſta-

ment, de ce qui se reçoit dans les troncs qui sont pour cet objet, & des quêtes qui se font dans l'Eglise pour la même fin pendant la quinzaine de Pâques. Mais comme ces fonds ne peuvent suffire à cause des dépenses que cette Compagnie est obligée de faire, M. le Curé s'y prête, autant que la dépense à la quelle il est obligé pour les autres pauvres, peut le permettre.

Etablissement de charité pour les Nouveaux Convertis, sous le nom de Confrairie de Sainte Agnès.

Outre l'aumône que le Roi fait distribuer aux Nouveaux Convertis deux fois par an ; ceux qui ont fait leur abjuration à Saint Eustache, & qui donnent des marques de leur bonne conduite & de leur piété, en assistant régulierement tous les Dimanches & Fêtes aux

Offices & inſtructions qui ſe font
dans la Chapelle baſſe , dite de
Sainte Agnès , reçoivent toutes les
ſix ſemaines de la Compagnie à
ce prépoſée , une aumône plus ou
moins grande , ſuivant leur beſoin : elle ſe monte quelquefoisà
douze , quinze & dix huit liv.

On peut mettre encore au nombre des ſecours qu'on trouve ſur
la Paroiſſe Saint Euſtache , ceux
qu'elle fait aux ſix enfans de chœur.
Ils ſont très bien nourris , & en-
entretenus convenablement : on
leur donne un Maître de muſique
& d'écriture , & le Maître qui les
conduit , doit leur enſeigner le
latin. En outre lorſqu'ils viennent
à ſortir au bout de ſix ans , on leur
donne une ſomme de trois cents
ſoixante livres.

ETABLISSEMENS

DE CHARITÉ,

*En faveur des Prisonniers détenus
dans toutes les prisons de Paris.*

DEUX Compagnies, l'une de
Messieurs, l'autre de Dames, forment cet établissement ; l'origine
en remonte à près de deux siecles,
& il doit ses commencemens à la
charité d'une Dame de la famille
de Lamoignon. Insensiblement des
personnes pieuses, touchées de
l'état des pauvres prisonniers, s'as-
socierent pour leur procurer les
soulagemens les plus nécessaires ;
& après avoir exposé au Ministre
l'objet de leur entreprise, elles
obtinrent la permission du Roi &
celle des Magistrats, pour travailler à leur bonne œuvre sous l'au-

torité publique, & à l'abri de tout
trouble & empêchement. Rien
n'eſt plus ſage que l'arrangement
fait entre ces deux Compagnies
pour la diſtribution des divers ſecours qu'elles procurent aux priſonniers.

Celle des Meſſieurs eſt compoſée de vingt-cinq à trente perſonnes, tous citoyens connus, & d'u-
ne réputation établie, & pluſieurs
étant même revêtus de Charges
conſidérables. Ils ont pour Chef
honoraire de leur Compagnie,
M. le Procureur Général, ils s'aſ-
ſemblent une fois la ſemaine chez
un de leurs Meſſieurs, & une fois
l'année chez le Supérieur général,
pour rendre compte de leur adminiſtration. Les ſoins dont ils
s'occupent, ont pour objet la délivrance des priſonniers pour dettes ; ils ont pris pour eux ce genre
de charité, qui demande quelque
connoiſſance des affaires, pour
être au fait de la nature des dettes,

& difposer les créanciers à faire
des remifes à leurs débiteurs : ils
s'abouchent avec les premiers,
leur font des offres, & viennent
fouvent à bout de les accommoder
avec les feconds. On comprend
facilement de quel zele & de quelle charité doivent être animés ces
Meffieurs pour fe charger de pa-
reils foins qui exigent des allées
& des venues, des pourparlers &
des difcuffions inféparables de ces
fortes d'arrangemens. En un mot
pour faire fentir quel eft le mérite, & le fruit de cette bonne œuvre, il fuffit de dire que ces Meffieurs par leurs peines & foins,
procurent tous les ans la liberté
d'un grand nombre de citoyens,
qui gémiffoient dans la captivité,
ils les rendent à la fociété & à leur
famille, & les mettent en état de
reprendre leurs affaires ou leur
commerce. Il y a même des années où cette Compagnie a acquit-

té pour plus de vingt mille livres de dettes.

De plus cette Compagnie des Meſſieurs eſt autoriſée à toucher ſur la quittance de celui qui eſt élu dépoſitaire les rentes ſur l'Hôtel-de-Ville, en conſéquence des legs faits par certains teſtamens pour la délivrance des priſonniers. Le Dépoſitaire touche auſſi des Officiers du Roi ſur ſa quittance, l'aumône que le Roi fait ſur ſa caſſette aux priſonniers tous les trois mois pour la délivrance d'iceux ; & lorſque Sa Majeſté fait quelque aumône extraordinaire, M. le premier Aumônier ſe tranſporte au lieu de l'aſſemblée des Meſſieurs pour leur remettre l'aumône du Roi, & leur faire ſavoir ſa volonté, & c'eſt par les mains de cette Compagnie que cette aumône eſt diſtribuée.

La ſeconde Compagnie eſt celle des Dames, qu'on appelle les Tréſorieres

forieres des prifons , car chaque
prifon a une Tréforiere. Ces Dames font élues dans une affemblée
qui fe tient à cet effet chez Madame la Tréforiere générale, & celle
qui eft élue , eft préfentée à M. le
Procureur Général. Leurs fonctions font de fournir dans la prifon dont chacune eft chargée , tout
ce qui eft néceffaire pour la nourriture , comme du bouillon , des
portions ; mais ces fecours font
reglés à proportion des aumônes ;
cependant on donne communément deux fois par femaine la marmite aux prifonniers , & quelquefois trois. Elles font diftribuer
tous les jours des fecours aux Infirmeries des prifons & aux cachots. Elles fourniffent des draps,
des chemifes , & le linge néceffaire aux prifonniers malades , à
qui ces fortes de befoins manquent , comme auffi du bois , du
charbon , de la chandelle : elles
procurent même quelques dou-

M

ceurs néceſſaires aux convaleſ-
cens. En outre elles contribuent
ſouvent au payement des chambres des perſonnes de famille pour
les empêcher d'être à la paille, &
elles leur font donner des portions ; elles fourniſſent du pain à
ceux des priſonniers qui font comme forcés d'abandonner ce qui
leur eſt donné de pain par mois,
eſtimé à dix livres dix ſols, pour
pouvoir payer leur chambre &
n'être pas réduits à la paille ; ce
qui pour certaines priſons, monte
par ſemaine à près de quatre-vingt
livres. Ces détails font ignorés
d'une infinité de gens, & nous
ne les mettons au jour, que pour
faire ſentir l'utilité de cette Compagnie, & l'œuvre de charité admirable que font ces Dames, du
moins ſelon leur pouvoir. Elles
entretiennent auſſi la Chapelle de
la priſon, dont chacune eſt chargée, de tout ce qui eſt néceſſaire,
comme linge, ornemens, lumi-

naire, font des gratifications aux
perfonnes pieufes qui y viennent
chanter Vêpres les Dimanches &
Fêtes, du moins dans les prifons
où l'Office fe peut faire; ce qui
ne peut que contribuer à l'édifica-
tion des prifonniers. Elles paient
un homme pour fervir à l'autel le
Chapelain de la prifon, avoir
foin de la Chapelle, & pour faire
les commiffions des pauvres prifonniers, qui n'ont pas le moyen
d'envoyer dehors pour faire travailler à leur liberté, ou pour fe
procurer quelque fecours.

Chaque Tréforiere convoque
de tems en tems des affemblées
dans la Chapelle de fa prifon,
elle y invite par des billets le plus
de monde qu'elle peut, elle engage quelque bon Prédicateur à
donner un fermon, afin d'exciter
les affiftans à fecourir par leurs aumônes les pauvres prifonniers; ces
affemblées fe font plus ou moins
fouvent, felon les befoins de la

M ij

priſon , & lorſque ces beſoins augmentent , la Tréſoriere augmente ſes quêtes.

D'après cet expoſé , on comprendra que le Seigneur a répandu ſes bénédictions ſur cette bonne œuvre , & qu'il a agréé les ſoins & les peines que ſe donnent journellement les Dames Tréſorieres. Auſſi les Magiſtrats qui en ſont inſtruits , ne ceſſent de les appuyer de leur protection ; ils ſavent qu'en ſecourant des malheureux , & les empêchant de périr , on conſerve des citoyens à l'Etat ; on ſoulage même l'Etat , qui ſeroit obligé de remplacer d'une maniere ou d'autre des ſecours qu'on ne pourroit refuſer à des priſonniers. Ces mêmes Magiſtrats les ont maintenues dans le droit qu'elles ont toujours eu d'être les dépoſitaires des aumônes faites aux priſonniers , d'avoir des troncs dans les Egliſes , de toucher les rentes ſur la ville , tout ce qui eſt ſous la dénomination des legs faits aux mêmes. A l'égard de l'aumône que fait le Roi, elle eſt remiſe directement à Madame la Tréſoriere générale.

Il y a encore une autre Compagnie qui s'occupe du même objet, & qui ne mérite pas moins d'être connue que la premiere, par le grand nombre de charités qu'elle fait aux priſonniers. Cette Compagnie eſt compoſée d'environ une vingtaine de Meſſieurs, tous citoyens d'un état honorable, qui par leurs aumônes & les quêtes qu'ils font pendant trois jours de la ſemaine ſainte, viennent à bout de fournir aux malheureux priſonniers des ſecours de diverſes ſortes : on peut dire même que ces ſecours ſauvent la vie à pluſieurs.

1°. Cette Compagnie diſtribue ſes charités aux trois priſons de Paris, qui ſont ordinairement les plus remplies : ſavoir . le grand

Châtelet, le petit Châtelet & le
Fort-l'Evêque. Elle fait donner ce
qu'on appelle la marmite à tous les
prisonniers de ces trois prisons,
qui sont réduits au pain du Roi,
& dont le nombre monte environ
à six cents, & cela deux fois la semaine, c'est-à-dire, le Mercredi
& le Vendredi. Cette marmite
consiste dans la soupe qu'on donne
à chacun, & en un morceau de
viande : cet objet est plus considérable qu'on ne pense. On emploie
trois cents livres de viande le
Mercredi, & environ dix-sept à
dix-huit cents œufs avec la quantité de pois nécessaire pour la pu-
rée destinée à faire la soupe le
Vendredi ; cette soupe emporte
chacun de ces jours cent cinquante
livres de pain.

2°. Elle fait donner une fois la
semaine aux prisonniers des cachots & du secret, environ une
livre de pain & chopine de vin.

3°. Un de ces Messieurs qui est

à la tête de cette œuvre, & qui y
consacre son tems, & une partie
de son bien par une charité dont
on voit peu d'exemples, se charge
du soin d'envoyer aux mêmes prisons des gens qui portent aux prisonniers une chemise blanche toutes les semaines ; & reprennent
celle qui est sale : c'est l'Etat qui
paie la fourniture de ce linge,
mais la personne dont nous parlons en fait les avances, & tient
dans sa maison un grand magasin
pour cet effet. Ces avances sont
plus considérables qu'on ne pense,
ses soins à cet égard s'étendent sur
les prisonniers de la Conciergе-
rie, pour lesquels il a la même
attention.

4°. Cette Compagnie se charge
encore de visiter les prisonniers
des cachots une fois la semaine,
pour les consoler dans leurs souf-
frances d'esprit & de corps, leur
faire une lecture de piété, les exciter à accepter leurs peines en

efprit de pénitence , & à faire à
Dieu le facrifice de leur vie. C'eft
ainfi que la vraie charité fe fait
jour dans les lieux qui renferment
le crime : c'eft ainfi qu'elle pénetre
les cachots les plus noirs, pour y
porter les fecours du corps & de
l'ame, & qu'elle prévient par fes
confolations le défefpoir des victimes qui font dues à la vengeance
publique. Quel affez digne nom
donner à cette forte de charité?

SECOURS

DE CHARITÉ

DANS LES SÉMINAIRES,

*En faveur des jeunes Ecclésiastiques,
& connus sous le nom de Bourses.*

CE S secours consistent en ce que ceux qui n'ont pas le moyen de payer pension, y sont logés & nourris gratuitement.

Ainsi, 1°. Dans le petit Séminaire de Saint Sulpice, il y a soixante-dix de ces places.

2°. Dans le Séminaire Saint Louis, place Saint Michel, il y en a treize.

La premiere est affectée à un Etudiant natif de Vichi, la seconde pour un Etudiant de Riom en Auvergne, & la troisieme pour un Etudiant d'Aigueperse.

M v

Les autres places ou bourfes, font à la nomination de M. l'Archevêque de Paris, & font évaluées à deux cents livres.

Il y a encore plufieurs bourfes que M. l'Archevêque a établies, & qu'il accorde aux concours, en faveur de ceux qui répondent le mieux fur la Philofophie. Elles procurent à ceux qui les obtiennent la faculté d'être nourris gratuitement pendant le tems de la Théologie.

3°. Dans le Séminaire de Saint Nicolas du Chardonnet, rue Saint Victor, il y a auffi plufieurs bourfes.

4°. Au Séminaire des Bons Enfans, il y en a auffi plufieurs, dont la nomination eft affectée à M. Pluyette, anciennement Principal.

5°. Au Séminaire de la Sainte Famille, Montagne fainte Genevieve, il y a trente trois bourfes, eftimées deux cents livres, enforte qu'elles exemptent ceux qui les poffedent de la moitié de la penfion, laquelle eft de quatre cents livres. Ces bourfes font accordées au concours qui fe fait tous les ans le premier Octobre.

6°. Au Séminaire Saint Magloire, il y a douze bourfes qui exemptent de payer penfion : elles font à la nomination de M. l'Archevêque. Ce Séminaire dont les Prêtres de l'Oratoire ont la direction, eft le premier Séminaire de Paris par fon ancienneté, & l'a été même pendant longtems, par le nombre & la qualité des Eccléfiaftiques qui y ont été élevés. On y a vu tout ce qu'il y a de plus grand nom parmi les Prélats du premier & du fecond Ordre, & toutes les parties de la fcience Eccléfiaftique, y ont été enfeignées par des Peres de l'Oratoire du premier mérite. La Maifon peut contenir deux cents Séminariftes.

7°. Au Séminaire du S. Efprit,

M vj

rue des Poftes , quartier de l'Ef-
trapade ; il y a foixante-dix places
gratuites , en faveur des pauvres
Etudians hors d'état de payer de
penfion : elles font à la nomination du Supérieur de la Maifon.

8°. Au Séminaire des Anglois ,
même rue , il y a plufieurs places
gratuites en faveur de ceux qui fe
deftinent à la Miffion d'Angleterre.

9°. Au College des Lombards,
ou des Irlandois , il y a deux Communautés ; l'une de Prêtres au
nombre de cent , & qui au moyen
des rétributions qu'ils retirent de
leurs meffes dans les diverfes Eglifes de Paris , trouvent leur fubfiftance dans cette Maifon. L'autre
Communauté eft compofée de
jeunes Clercs , qui moyennant
quelque petite fomme , font nourris dans la Maifon.

BOURSES

Fondées en faveur des pauvres Ecoliers des anciens Colleges de non plein exercice, & qui ont été réunis au College de Louis le Grand.

ON trouvera dans ce tableau, 1°. le nombre des bourses fondées dans chacun de ces Colleges, leur valeur annuelle : 2°. ceux qui ont droit d'y nommer : 3°. & les sujets qui peuvent les obtenir.

Au College de Bourgogne fondé en 1331. par la Reine Jeanne de Bourgogne, femme de Philippe le Long, il y a six bourses fixées chacune à quatre cents livres par an. Les Nominateurs sont le Chancelier de l'Université de l'Eglise de Paris, & le Gardien des Cordeliers, conjointement ou alter-

nativement. Les fujets qui peuvent poffeder les bourfes, font ceux
du Comté de Bourgogne.

Au College de Prefles fondé en
1313 , par Guy de Prefle , Clerc
du Roi , il y a huit bourfes de
deux cents huit livres chacune.
Les Nominateurs font la Communauté même des Bourfiers. Les fujets qui peuvent les poffeder , font
ceux du Diocèfe de Soiffons , &
par préférence de Prefles , de Cyr,
de Rude Saint Marc , & des Bo-
ves.

Au College de Reims , fondé
avant 1408 , par Guy de Roye,
Archevêque de Reims , il n'y a
qu'une feule bourfe , qui eft de
deux cents quatre livres dix fols.
Les Nominateurs font l'Archevêque de Reims , le Principal du
College , & celui du College des
Lombards. Les fujets font ceux du
Diocèfe de Reims , & par préférence les Clercs de la Table ou

Manfe Archiepifcopale, premiere fondation : ceux de Rhetel , feconde fondation.

Au College de Séez fondé en 1427 , par Gregoire Langlois, Evêque de Séez, il y a quatre bourfes de trois cents livres chacune par an. Les Nominateurs font l'Evêque de Séez , l'Archidiacre de Paffais , Diocèfe du Mans : ils conferent chacun la moitié des bourfes. Les fujets font ceux du Diocèfe de Séez , & par préférence les enfans de la ville & des lieux dont l'Evêque eft Seigneur temporel, pour moitié, & ceux de l'Archidiaconé de Paffais pour l'autre moitié.

Au College d'Arras fondé vers 1327 , par Nicolas le Caudrelier, Abbé de Saint Vaaft d'Arras , il y a quatre bourfes qui ne valent chacune que foixante quinze liv. par an. Le Nominateur eft l'Abbé de S. Vaaft : les fujets font ceux de la ville ou du Diocèfe d'Arras.

Au College des Cholets, fondé en 1291, par le Cardinal Cholet, il y a seize bourses pour les Théologiens, évaluées à trois cents quarante livres chacune, & quatre pour les Artiens ou Grammairiens évaluées à cent vingt livres. Les Nominateurs, sont les Chapitres d'Amiens & de Beauvais ; ils exercent leur droit par un Député qu'on nomme Grand Maître. Les sujets sont ceux du Diocèse d'Amiens pour moitié, & ceux du Diocèse de Beauvais pour l'autre moitié.

Au College de Bayeux, fondé en 1376, par Maître Gervais Chrétien, premier Physicien ou Médecin de Charles V, il y a douze bourses : savoir, six grandes de trois cents livres chacune, pour quatre Théologiens, un Etudiant en Droit, & un en Médecine, & six petites de deux cents livres chacune pour des Etudians dans la Faculté des Arts. Les Nominateurs font, M. le Grand Aumônier de France, & à foh défaut M. le Premier Aumônier. Les fujets font trois pour Vendes, trois pour Bayeux, un pour S. Germain d'Halot, un pour Voraville, un pour le Village nommé Allemagne. A défaut ceux des Paroiſſes voiſines du Diocèſe de Bayeux, enfin de toute la Normandie.

Au College de Juſtice, fondé en 1353, par Jean de Juſtice, Chantre de Bayeux & Chanoine de Paris, il n'y a actuellement que quatre bourſes de deux cents cinquante livres chacune. Le Nominateur eſt l'Evêque d'Avranches pour les bourſes de la premiere & feconde fondation. Les Curés & Conſuls de Salers en Auvergne préſentent à deux bourſes de la troifieme, & le Prieur de Saint Victor-lès-Paris, aux trois autres. Les fujets, font ceux du Diocèſe de Rouen, & par préférence du Doyenné de Saint George; ceux

du Diocèse de Bayeux , premiere
fondation ; un Enfant de chœur
de l'Eglife de Rouen , feconde
fondation ; ceux de Salers en Auvergne , & de pauvres orphelins
de Paris, troifieme fondation.

Au College de Sainte Barbe ,
fondé en 1536 , par Robert du
Guaft , ancien Curé de Saint Hi-
laire; il y a deux bourfes de cent
livres chacune. Les Nominateurs
font , le plus ancien Confeiller-
Clerc du Parlement , le Chancelier de l'Univerfité de l'Eglife de
Paris , & le plus ancien des Pro-
feffeurs en Droit. Les fujets font ,
un de la Neuville Saint Aumont ,
Paroiffe Saint Nicolas , Diocèfe
de Beauvais , & un de la Paroiffe
S. Nicolas Defalleux près Poiffy.

Au College de Cornouailles ,
fondé en 1317 , par Galeran Ni-
colaï , dit de la Greve ; il y a trois
bourfes , favoir , deux réduites
depuis 1739 , à cinquante livres
par an , & une de foixante livres.

Le Nominateur eſt M. l'Archevê-que de Paris : les ſujets ſont ceux du Dioceſe de Quimper.

Au College des Bons Enfans, rue Saint Victor, fondé en 1257; il y a deux bourſes de la fonda-tion de Pluyette, évaluées actuel-lement à quatre cents livres. Le Nominateur eſt M. l'Archevêque de Paris; mais les Préſentans ſont les Marguillers du Meſnil Aubry, & ceux de Fontenai. Les ſujets ſont les parens du Fondateur, & en-ſuite les natifs du Meſnil-Aubry. & de Fontenai.

Au College de Laon, fondé en 1327, par Guy de Laon, Tréſo-rier de la Sainte Chapelle; il y a vingt-neuf bourſes : ſavoir, ſeize par le Fondateur ſuſdit ; dix-ſept de douze fondations poſtérieures, & trois par Louis Couſin, Préſi-dent en la Cour des Monnoies; chaque grande bourſe eſt de cent cinquante-ſix livres, & chaque petite eſt de ſoixante-quinze liv.

Le Nominateur des huit premieres fondations , est M. l'Evêque
de Laon , mais il n'est que Colla-
teur des autres : savoir, deux à la
présentation du Prieur de Poix ;
une à celle du Prieur claustral de
Saint Quentin , une à celle du
Chapitre de Laon , deux à celle du
Curé & Maire de Marle , & de
l'ainé de la famille Tilotier. Les
trois bourses cousines se donnent
au concours. Les sujets sont ceux
du Diocèse de Laon , & par préférence : 1°. une pour Montcabil-
lon : 2°. deux pour Origni : 3°.
une pour la famille Barthout , &
ensuite pour Montcornet : 4°. deux
pour Poix , Diocèse d'Amiens :
5°. une pour Bresle près Beauvais :
6°. une pour un Enfant de chœur
de la Cathédrale de Laon : 7°.
deux pour la famille Tilotier, &
à défaut pour la ville de Marle.

Au Collège de Chenac, dit de
de Saint Michel, fondé en 1402 ,
par le Cardinal de Chenac, Pa-

triache d'Alexandrie , il y a dix à douze bourses de fondation , mais elles sont toutes suspendues & les biens du College administrés par un Procureur sequestre. Le Nominateur est M. le Comte de Perigord ; les sujets ceux de la famille du Fondateur, ou du Diocèse de Limoges.

Au College du Tréforier, fondé en 1268 , par Guillaume de Saune , Tréforier de l'Eglise de Rouen : il y a huit bourses , quatre pour des Théologiens, & quatre pour des Artiens. Les grandes font évaluées à quatre cents vingt-quatre livres chacune, & les petites à deux cents six livres. Les Nominateurs font, les Archidiacres du grand Caux & du petit Caux dans l'Eglise de Rouen ; les sujets sont ceux du grand Caux & du petit Caux , & à défaut ceux du Diocèse de Rouen.

Au College de Bayeux , fondé en 1308, par Guillaume Bouvet,

Evêque de Bayeux ; il y a quatre
bourses de cent cinquante livres
chacune. Les Nominateurs sont ,
l'Evêque du Mans , & l'Archidiacre de Passays, l'Evêque d'Angers,
& le Tréforier de l'Eglise d'Angers ; les sujets , ceux du Diocèse
du Mans , & par préférence de
l'Archidiaconé de Passays pour
moitié , & pour l'autre moitié ,
ceux du Diocèse d'Angers.

Au College de Fortet , fondé en
1393 , par Pierre Fortet , natif
d'Aurillac, & Chanoine de Paris ;
il y a seize bourses de quatre cents
cinquante livres chacune ; mais
de tems à autre , on en laisse vaquer une , deux , & trois pendant
un an. Le Chapitre de Notre-Dame nomme à quinze bourses , &
confere la seizieme sur la présentation de l'aîné de la famille de
Gremiot. Il y a quatre bourses
pour les descendans de la famille
Fortet, ou pour les natifs d'Aurillac ; quatre pour des enfans de

Paris, (premiere fondation) deux pour la famille Vatin , ou pour le Village de Curelu , & la Marche Nonpon , (deuxieme fondation) deux pour la famille Crofier , ou pour Brugheac, & la famille Ifaubert , & deux pour Brugheac & lieux voifins , (troifieme fondation) une pour la famille Gremiot ; une à la difpofition du Chapitre Notre Dame , (quatrieme fondation.)

Au College de Tours , fondé en 1333 , par Etienne de Bourgueil , Archevêque de Tours , il y a fix bourfes fondées , mais depuis 1740 , elles font toutes fufpendues à caufe des dettes dont ce College eft chargé. Dans le dernier état , elles étoient à cent cinquante livres. Le Nominateur eft M. l'Archevêque de Tours ; les fujets , ceux de la ville ou du Diocèfe de Tours.

Au College de Notre-Dame des Dix-huit , fondé en 1180 , par

Jocius de Londonus , pour dix-
huit pauvres Ecoliers , il y a ſeize
bourſes de deux cents livres chacune, mais il y en a deux de ſuſ-
pendues , à cauſe de l'inſuffiſance
des revenus. Le Nominateur , M.
le Doyen de Notre-Dame ; les
ſujets ſont tous à la diſpoſition du
même.

Au College de Dainville , fondé en 1380 , par Michel de Dainville , Archidiacre d'Oſtrevan ,
dans l'Egliſe d'Arras ; il y a quatorze bourſes de quatre cents liv. chacune. Le Chapitre d'Arras nomme à ſept bourſes , & le Chapitre
de Noyon à ſept autres. Les ſujets
ſont ceux du Diocèſe d'Arras pour
une égale partie des bourſes , &
ceux du Diocèſe de Noyon , pour
l'autre partie.

Au College du Mans , fondé en
1519 , par Philippe de Luxem-
bourg , Cardinal , Evêque du
Mans; il y a douze bourſes de cent
cinquante livres chacune. Nomi-
                              mateur ,

nateur , M. l'Evêque du Mans :
fujets, ceux du même Diocèfe.

Au College de Boiffy , fondé en
1338 ; par Godefroi de Boiffy ,
Chanoine de Chartres , & Clerc
du Roi Jean ; il y a fept bourfes de
trois cents livres chacune. Nominateur , le Chancelier de l'Univerfité dans l'Eglife de Paris , &
le Prieur des Chartreux. Les fujets , font les parens du Fondateur ; à leur défaut les enfans de
Boiffy le-fec , proche Etampes,
enfuite ceux de la Paroiffe Saint
André des Arcs ; mais jufqu'ici
elles ont toutes été remplies par
les parens du Fondateur.

Au Collège d'Autun , fondé en
en 1341 , par le Cardinal Ber-
trand ; il y a deux bourfes de trois
cents trente-fix livres chacune.
Nominateurs , le Principal avec
l'ancien des Bourfiers dans la Faculté où la bourfe eft vacante : fujets, ceux d'Annonai & banlieue,

N

de la partie du Diocèse de Vienne, en de-çà du Rhône, du Puy en Vellay , de Saint Flour , de Clermont , première fondation ; ceux de Moulins , de Sauvigni , de Belleperche , &c. seconde fondation.

Au Collège de Cambrai , fondé en 1346 , par Guillaume d'Auxonne , Evêque de Cambrai , Hugues de Pomais , Evêque d'Autun , & Hugues d'Arcy , Evêque d'Auxerre ; il y a sept bourses , montant au moins à six cents livres chacune. Nominateur , le Chancelier de l'Université dans l'Eglise de Paris ; sujets , un tiers pour ceux du Diocèse de Cambrai , & un tiers pour le Diocèse d'Auxerre.

Au Collège de Treguier , fondé en 1325 , par Guillaume de Coetmohan , Chantre de l'Eglise de Treguier ; il y a trois bourses actuellement fixées à cent cinquante livres chacune. Nominateurs, M. l'Evêque de Treguier, celles de la premiere fondation, Madame de Robien ; celles de la seconde, Madame de Bouchin, celles du College de Kerambert ; sujets, ceux du Diocèse de Treguier pour les bourses de la premiere & seconde fondation : ceux du Diocèse de Léon, pour celles du College de Kerambert.

Au College de Narbonne & en celui d'Huban, dit l'*Ave Maria*, il n'y a plus de bourses à cause des dettes considérables que ces Colleges ont contracté.

Les Colleges réunis à celui de Louis le Grand, font au nombre de vingt six. Il y a en tout trois cents quatre-vingt onze bourses fondées dans ces vingt six Colleges, mais il n'en existe actuellement que cent quatre-vingt-huit. Il est payé en total aux cent quatre vingt huit Boursiers existans la somme de 57529 liv.

On propofe d'en rétablir deux cents vingt-neuf , & dans cette fuppofition , on feroit monter la valeur totale des bourfes à la fom-me de   72·31 liv. qui eft à peu près le tiers du reve-nu total , lequel eft de 207762 liv.

AUTRES ETABLISSEMENS

Qu'on peut mettre au nombre des secours, dont peuvent profiter les jeunes garçons qui ont de la voix, & qui appartiennent à des gens peu à leur aise.

Les places des Enfans de Chœur dans les Chapitres & Paroisses.

CES places sont au nombre d'environ deux cents cinquante, dans la plupart des Chapitres & des Paroisses ; ces enfans sont tous nourris & élevés gratuitement, & quand leur tems est fini, qui dure ordinairement cinq ou six ans, on leur fait un sort, ou bien on leur donne une somme pour récompense, plus ou moins forte, selon les Paroisses. Dans certaines, on leur donne de quoi se

N iij

mettre en apprentiffage : à Saint
Euftache & à Saint Sulpice , on
leur donne trois cents livres , en
d'autres deux cents livres , en d'autres moins ; enfin prefque dans
toutes une fomme plus ou moins
grande , fous le titre de récom-
penfe. Il eft fenfible que ces fortes
de fecours font un grand foulagement pour de pauvres familles.

Il y a encore des places pour les
jeunes garçons, qui font à la vérité
inférieures à ces dernieres , mais
enfin, où ils trouvent la nourriture & quelques petits fecours.
Nous entendons par-là toutes celles de ces jeunes garçons qui font
employés pour le fervice des Sa-
crifties : car il eft certain qu'il
n'y a prefque point de Couvent
d'hommes , de Congrégation ou
Communauté où l'on n'en voie un
ou deux , quelquefois trois ; ce
qui réuni , fait un nombre confidérable de pauvres enfans , qui

trouvent leur nourriture dans tous
ces endroits : on les y occupe non-
feulement à fervir des Meffes ,
mais encore à foulager un Portier , à aller chercher les Peres ou
Religieux qu'on demande à la
porte , & à rendre divers autres
petits fervices à la Commuauté.

SECOURS

POUR L'EDUCATION

DES FILLES.

Nous avons indiqué dans le cours de cet ouvrage diverses Maisons Religieuses, ou Communautés, où sont instruites les jeunes filles gratuitement, d'autres où l'on en nourrit un certain nombre, les Maisons étant fondées pour cela, & bornées à un certain nombre de places.

Ce qui nous reste à dire, c'est d'indiquer les Couvens où l'on n'exige pas de grosses pensions ; il est certain que les Maisons qui se contentent d'une modique somme, font en cela une œuvre excellente, en ce qu'elles soulagent les familles qui ne font pas riches,

& facilitent aux perſonnes charitables le moyen de faire bien de
bonnes œuvres, en ſe chargeant,
par exemple, de payer ou la moitié d'une penſion ou la penſion entiere. Que de jeunes ſujets & pauvres, on peut mettre à l'abri du
danger qu'elles courroient dans le
monde ?

Voici les endroits dont nous
avons connoiſſance.

Aux Filles de Ste. Aure, on ne
prend que 250 l. de penſion ; aux
Filles de la Trinité, rue de Reuilli
même ſomme de 250 l. à la Congrégation de N. D. rue neuve S.
Étienne, 250 l. à la Providence,
rue de l'Arbalête, 200. à 250 l.
aux Filles de la Croix S. Gervais,
rue des Barres, 250 l. aux Nouvelles Catholiques, rue Ste. Anne,
200 l. mais ſeulement pour l'année de l'abjuration.

Il peut y en avoir encore d'autres dans Paris que nous ignorons.

N v

PROJET D'ETABLISSEMENT

DE CHARITÉ

Dont on auroit besoin dans Paris.

Nous ne faisons ici que proposer des vues, qu'il ne seroit pas
juste de blâmer, & qui pourront
peut-être donner lieu aux personnes plus expérimentées que nous,
& plus capables d'imaginer des
projets utiles & pratiquables, de
rectifier notre plan, ou de l'étendre, ou d'en proposer un meilleur.

*Etablissement de charité pour les
Pauvres Honteux, c'est-à-dire,
de ceux qui font nés dans les classes honorables des Citoyens.*

Chaque Compagnie, Corps,
ou Communauté, compose un si
grand nombre de membres, qu'il

n'eſt pas étonnant que dans les
Corps même où un certain nombre s'enrichit, il y en ait auſſi un
grand nombre d'autres qui tombent dans la pauvreté, ou qui
étant arrivés à un âge avancé ne ſe
trouvent qu'avec un bien ſi médiocre, qu'il ne peut leur donner
de quoi vivre. On en voit des
exemples parmi les claſſes des plus
honnêtes Bourgeois, comme les
Avocats, les Procureurs, les Marchands, & autres ſortes de gens
qui ont tenu un rang au deſſus du
peuple dans la ſociété. Dans l'é-
tabliſſement charitable dont nous
nous ſommes formé l'idée, nous
ne nous flattons point de pouvoir
renfermer généralement toutes les
perſonnes de ces états qui ſe trouvent ſans bien ſur le déclin de leur
vie. Le grand nombre des néceſ-
ſiteux oblige en quelque ſorte d'en
abandonner une partie aux ſoins
de la Providence, c'eſt-à-dire,
aux aſſiſtances des Paroiſſes, & à

celles de quelques perfonnes charitables. Nous ne nous propofons
dans notre établiffement, que les
claffes des hommes qui ont quelque bien, mais infuffifant pour les
faire vivre en leur particulier. De
ce genre font ceux, qui étant déja avancés en âge, n'ont pour tout
revenu à eux feuls, par exemple,
que deux cents cinquante à trois
cents livres, ou qu'ils avoient déja, ou qu'ils fe font faits en ven-
dant leurs fonds. Il n'eft pas poffible que ces gens-là ne manquent
d'une infinité de chofes néceffaires à la vie : il faut payer un loyer,
un blanchiffage, s'éclairer, fe
chauffer, fe vêtir, fe nourrir : ils
font donc réduits à un état des
plus triftes, & malgré leur petit
bien, ils font prefque obligés d'a-
voir recours aux affiftances. Ofe-
roit-on propofer à ces gens-là d'aller à Bicêtre à tant par mois, comme neuf livres ou quinze livres ;
ils aimeroient mieux périr dans

cet état de détresse, que d'aller
dans un lieu où ils se verroient
confondus avec cette foule de gens
de la classe la plus basse, & ils in-
voqueroient plutôt la mort, que
de se voir réduits à une telle humiliation. Il faut en ce cas, nous
dira-t-on, que ces gens-là aillent
vivre en Province ; mais ce sont
des personnes à leur aise qui par-
lent ainsi : on est dur naturelle-
ment quand on n'a jamais connu
la détresse. Il n'est pas aisé de per-
suader à un homme qui a passé
toute sa vie à Paris d'aller sur ses
vieux jours dans un lieu où il ne
connoît personne, & d'abandonner toutes ses connoissances : ces
sortes de transmigrations, outre
qu'elles sont dispendieuses pour le
transport des meubles, attristent
la nature, & sont capables de donner le coup de la mort. Ne vaut-il
pas mieux condescendre à la foi-
blesse des hommes, & chercher
les moyens de tirer parti de leur

état , en leur procurant une retraite , où ils puiffent fubfifter avec
le peu qu'ils ont. Voilà donc notre objet : un homme qui n'a qu'un
très petit revenu , ne peut vivre
feul avec ce petit revenu. Il s'agit
de voir fi en l'affociant avec d'autres de la même condition , & réduits au même état , & aidés par
les affiftances de leurs Corps , on
ne pourroit pas les faire vivre honnêtement : c'eft ce que nous croyons
poffible par les arrangemens que
nous allons propofer.

J'affocie douze hommes de la
même profeffion à peu près , &
qui ont à peu près le même revenu. Il faut , me dira-t-on , leur
trouver un logement fuffifant. Ce
logement coutera : nullement, il y
auroit moyen qu'il ne coutât rien ,
fi un des Corps ou Communautés
en préfentant au Gouvernement le
plan louable de cette affociation ,
demandoit que tel ou tel Couvent
où il y a du logement , par exem-

ple, pour cent Religieux, & qui n'en contient ordinairement & depuis longtems que 30 ou 40, fournît, par l'autorité du Roi, quatre pieces assez grandes à pouvoir mettre quatre lits dans chacune, avec une cinquieme pour une cuisine & quelque petite dépendance. Cette demande n'auroit rien que de juste ; en cela des Religieux n'accorderoient que ce qu'ils auroient de superflu, dans un terrein qui originairement appartient à l'Etat. On croit donc qu'un Corps honorable obtiendroit cette grace du Ministere, & on auroit la satisfaction de voir les Religieux exercer un acte de charité. Mais, dira-t-on, introduire des laïcs dans un Couvent, être confondus avec les Religieux, y troubler l'ordre de la Maison ? Point du tout : il est aisé de leur ôter toute communication par un simple mur à l'extrémité de leur logement : on fait une ouverture à l'une des pieces, on pratique un petit escalier en dehors qui aboutit au premier étage, où l'on suppose ces chambres, & on y fait un toit des plus simples. Si donc on obtient cette grace, voilà le logement qui ne coute rien : ajoutez à cela la commodité que trouvent des gens avancés en âge d'avoir une Eglise à leur porte, de pouvoir assister aux Offices & vaquer à leur salut, qui est ce qu'ils ont de plus important à faire sur la fin de leur course. Chacun de ces hommes y fait porter ses meubles, linge, & hardes qu'il a chez lui, les plus nécessaires, & il se défait de ce qui lui est inutile.

Il s'agit maintenant de pourvoir à leur nourriture : d'abord nous supposons ici que le Corps ou Communauté dont ils sont membres, choisit sur les douze celui qui est le moins âgé, le mieux portant, le plus intelligent pour ordonner ce qui est nécessaire à

cet égard. Il reçoit de ceux qui
font en charge l'argent pour la dé-
penfe de l'affociation , bien entendu que ceux que le Corps a choi-
fi pour être des douze , ont donné
leur procuration pour recevoir
leurs petites rentes. Il s'agit maintenant de trouver les fonds pour
les faire vivre : il y a deux reffources pour cela. L'une , c'eft le produit total des rentes de chaque affocié : & l'autre, les fonds que forment les impofitions mifes par les
Syndics ou Jurés fur tous les membres de leur Corps. 1°. Par rapport au produit des rentes , en
fuppofant que chaque affocié ait
deux cents ou deux cents cinquante l. de rente l'un portant l'autre, car
je ne voudrois pas qu'on pût recevoir perfonne à moins , foit que
le fujet eût ce revenu de fon bien
propre , ou des affiftances de certaines perfonnes charitables , comme parens ou amis. Ces deux cents
livres multipliés par douze , font

deux mille quatre cents livres ;
posons d'abord ces deux mille quatre cents liv. & venons au secours
que peut donner la Communauté,
& sans incommoder les membres.
Supposons une Communauté de
quatre cents membres ou Maîtres,
ne demandons que deux livres par
an à chaque membre pour assister
leurs confreres nécessiteux ; cependant ces deux livres multipliés par
quatre cents , font huit cents livres par an : ajoutez à cette somme les deux mille quatre cents livres ci-dessus , & vous aurez trois
mille deux cents livres , somme
suffisante pour la nourriture &
entretien de ces douze hommes
avec un domestique pour leur cuisine : c'est ce qu'il seroit facile de
démontrer en entrant dans le détail de toutes choses. Il y a plus ,
c'est que si le Corps ou Communauté est riche , ou qu'il y ait un
bien plus grand nombre de membres que nous n'avons supposé

ci-deſſus, & qu'au lieu de huit cents livres, elle puiſſe fournir au moyen de l'impoſition, trois fois autant, en impoſant, par exemple, ſix livres, cela feroit une ſomme de deux mille quatre cents liv. qui ſuffiroit pour deux autres établiſſemens ſemblables au premier, & en des lieux différens. Par-là, au lieu de douze hommes qu'on aideroit à vivre, on en aideroit trente-ſix.

Notre idée, au reſte, dans ces aſſociations, feroit encore de diviſer les citoyens de l'honnête bourgeoiſie en trois claſſes différentes, & de diverſes profeſſions ; une ou deux aſſociations pour les gens de Palais, ou gens d'affaires; trois, par exemple, pour les gens de négoce, & qui ſont des ſix Corps ; & deux autres pour les gens de Sciences & les gens qui exercent les beaux Arts, comme Peinture, Sculpture, Architecture.

Voilà d'abord dans ce premier projet six ou sept associations de douze sujets chacune qui font soixante-douze ou quatre-vingt-quatre hommes qui seroient logés, nourris, éclairés, chauffés pour deux cents ou deux cents cinquante livres que chacun payeroit par an, le surplus montant à huit cents livres étant fourni par le Corps ou Communauté dont chacun seroit. Avec le tems les autres Communautés d'un ordre inférieur, pourroient former des associations à l'instar de celles que nous proposons.

Sur quoi il faut remarquer, que ce qui a fait échouer en bonne partie tous ces projets d'établissemens qu'on a proposés il y a peu d'années, c'est qu'ils embrassoient toutes les classes de la société indifféremment, le Gentilhomme s'y seroit trouvé confondu avec l'Artisan, qui auroit été en état de payer la même somme que lui.

Les eſprits ſont alors ſi différens,
qu'une telle Maiſon devient une
Tour de Babel Les hommes en
quelque état qu'ils ſoient, aiment
à vivre avec leurs ſemblables,
c'eſt-à dire, avec ceux à peu près
de leur profeſſion : c'eſt par ce
moyen qu'ils ne s'ennuient pas les
uns des autres, parcequ'ils ont
l'agrément de parler à leurs confreres un langage qu'ils entendent,
& d'en être entendus eux-mêmes.

Les génies inventifs & propres
à imaginer des projets tendants
à procurer une belle œuvre de charité, trouveront ici de quoi exercer leur imagination, & peut-
être que l'idée que nous venons
de donner, quoiqu'informe &
expoſée à bien des contradictions
de la part de ceux qui ſont à leur
aiſe, qui ne s'inquietent point
des maux de leur prochain, & qui
ne ſont bons qu'à cenſurer & à tourner en ridicule un projet nouveau

peut-être, dis je , que cette idée leur en fera naître d'autres plus pratiquables ou meilleures ; & en ce cas nous ferons les premiers à applaudir à leurs projets , n'ayant eù en vue dans tout cet ouvrage que le bien de l'humanité & le foulagement des pauvres.

FIN.

www.ingramcontent.com/pod-product-compliance
Lightning Source LLC
Chambersburg PA
CBHW070205030726
47505CB00006B/1583